O CAMINHO DO MILAGRE

Editora Appris Ltda.
1.ª Edição - Copyright© 2025 dos autores
Direitos de Edição Reservados à Editora Appris Ltda.

Nenhuma parte desta obra poderá ser utilizada indevidamente, sem estar de acordo com a Lei nº 9.610/98. Se incorreções forem encontradas, serão de exclusiva responsabilidade de seus organizadores. Foi realizado o Depósito Legal na Fundação Biblioteca Nacional, de acordo com as Leis nos 10.994, de 14/12/2004, e 12.192, de 14/01/2010.

Catalogação na Fonte
Elaborado por: Josefina A. S. Guedes
Bibliotecária CRB 9/870

M149c 2025	Machado, Silmara O caminho do milagre / Silmara Machado. – 1. ed. – Curitiba: Appris, 2025. 163 p. ; 23 cm. ISBN 978-65-250-7837-3 1. Ficção brasileira. 2. Espiritualidade. 3. Fé. I. Título. CDD – B869.3

Appris
editorial

Editora e Livraria Appris Ltda.
Av. Manoel Ribas, 2265 – Mercês
Curitiba/PR – CEP: 80810-002
Tel. (41) 3156 - 4731
www.editoraappris.com.br

Printed in Brazil
Impresso no Brasil

SILMARA MACHADO

O CAMINHO DO MILAGRE

Curitiba, PR
2025

FICHA TÉCNICA

EDITORIAL	Augusto V. de A. Coelho
	Sara C. de Andrade Coelho
COMITÊ EDITORIAL	Ana El Achkar (Universo/RJ)
	Andréa Barbosa Gouveia (UFPR)
	Jacques de Lima Ferreira (UNOESC)
	Marília Andrade Torales Campos (UFPR)
	Patrícia L. Torres (PUCPR)
	Roberta Ecleide Kelly (NEPE)
	Toni Reis (UP)
CONSULTORES	Luiz Carlos Oliveira
	Maria Tereza R. Pahl
	Marli C. de Andrade
SUPERVISORA EDITORIAL	Renata C. Lopes
PRODUÇÃO EDITORIAL	Bruna Holmen
REVISÃO	Pedro Ramos e José Bernardo
DIAGRAMAÇÃO	Amélia Lopes
CAPA	Lívia Costa
REVISÃO DE PROVA	Studius Colméia

AGRADECIMENTOS

Ao meu pai, Alécio Machado, que sempre me ensinou princípios éticos, proporcionou meu sustento, incentivou-me aos estudos e manteve sobre mim e minha família um teto seguro.

À minha mãe e melhor amiga, Adelina Demétrio Machado, que apoiou meus talentos, por mais loucos que parecessem. Ela sempre disse que eu poderia fazer o que quisesse, puxou minha orelha nos meus erros e me manteve perto de sua proteção e de seu amor. Seu testemunho de profeta e mulher de Deus é o que almejo para minha vida.

A Jesus, meu mestre, amigo e pai. Tudo que tenho devo a Ele, meus talentos e inspirações vêm Dele. Que todo meu sucesso sempre seja atribuído a Ele, que tem sido tão bom para mim e para nós.

A meu esposo, melhor amigo e pastor,
José Luiz Debus Rodrigues, o amor da minha vida.

APRESENTAÇÃO

Este livro é uma obra de ficção, mas, como sou cristã até os ossos, posso garantir que a inspiração vem do Espírito Santo de Deus. Nenhuma das minhas obras é apenas fruto de uma imaginação fértil, elas carregam algumas histórias que vivi, revelações que tive, sonhos permeados de visões espirituais e até novas mensagens decodificadas das escrituras sagradas que recebi em momentos de estudo para sermões. São esses os ingredientes desta história arrebatadora.

Em muitos momentos, recebi confirmações do céu sobre trechos escritos, pessoas que chegavam a mim com testemunhos iguais ou parecidos com os de Sandra. A cada novo capítulo me surpreendia como a ficção se movia a favor da realidade, e às vezes eu misturava a realidade a ficção.

Aprendo muito com as santas escrituras, de maneira simples ou arrebatadora, e acredito que esse tipo de entretenimento (criações inspiradas por Deus) pode nos tocar e nos levar mais perto do nosso criador.

Momentos cotidianos, ou até visões e revelações espirituais profundas, vêm até nós, fiéis, por meio do Santo Espírito de Deus. Que essas revelações possam te encher de fé e unção.

SUMÁRIO

CAPÍTULO 1
ACORDANDO PARA A VIDA..15

CAPÍTULO 2
JANE I..24

CAPÍTULO 3
O PASTOR E A CASA..29

CAPÍTULO 4
JEREMIAS..36

CAPÍTULO 5
O ANJO LAMURIEL..38

CAPÍTULO 6
RIQUE..43

CAPÍTULO 7
RETALIAÇÃO..47

CAPÍTULO 8
JANE II..51

CAPÍTULO 9
ÊXODO..55

CAPÍTULO 10
TALITA CUMI..58

CAPÍTULO 11
ANTONI FERRAZ..63

CAPÍTULO 12
O CORPO FRÁGIL...71

CAPÍTULO 13
DOUTOR ERICK ALBUQUERQUE.........................74

CAPÍTULO 14
CURAS NO HOSPITAL...................................78

CAPÍTULO 15
VOLTANDO PARA CASA................................86

CAPÍTULO 16
PENSANDO EM DESISTIR..............................90

CAPÍTULO 17
JANE III...93

CAPÍTULO 18
NA PRESENÇA DE JESUS..............................96

CAPÍTULO 19
A MORTE FURIOSA..................................104

CAPÍTULO 20
COMEÇANDO DE NOVO................................110

CAPÍTULO 21
OUTRA PROPOSTA...................................117

CAPÍTULO 22
MEMÓRIAS E DOR...................................124
   Primeira Parte: O TRAUMA......................128
   Segunda Parte: O MANICÔMIO....................133

CAPÍTULO 23
AUTOCONHECIMENTO..................................137

CAPÍTULO 24
VOLTA AO PASSADO 140

Uma jovem dedicada 140

CAPÍTULO 25
A RESPOSTA ME ENCONTROU 143

CAPÍTULO 26
O DIÁRIO DE ANTONI 145

A libertação 145

A libertação II 154

CAPÍTULO 27
O INÍCIO DE UMA NOVA HISTÓRIA 161

Capítulo 1

ACORDANDO PARA A VIDA

O meu primeiro dia de vida começou numa manhã de outubro, me lembro de sentir uma leve dor de cabeça ao abrir meus olhos. Acordei no hospital da cidade e descobri que não me lembrava de nada. Nem de quem eu era, nem de onde eu vim, nem de amigos ou família, sequer do meu próprio rosto eu me lembrava.

Percebi que estava frio, foi a primeira coisa que senti. Aos poucos fui percebendo que eu não sabia onde estava. Uma enfermeira entrou no quarto e me explicou a situação sendo bem breve e direta.

Eu estava em coma, fiquei em coma por meses. A última coisa que eu me lembrava era de um sonho que eu tive, mas eu não tinha certeza se era ou não um sonho.

Minha cabeça começou a doer muito, eu apertava as mãos na minha testa para tentar amenizar a dor, que era muito forte. Sinceramente não me lembro dos meus sentimentos. Naquele dia, não lembro se eu estava triste ou feliz. Acho que sentimentos são ligados a memórias, porque naquele momento elas também me faltavam. Eu apenas tinha curiosidade em saber quem eu era, parecia que eu tinha acabado de nascer.

Recebi alta dois dias depois, após breves sessões de fisioterapia e de uma série de médicos me examinar de diversas maneiras, eram vários e eu não decorei o nome de nenhum deles. Eu queria sair de lá o mais rápido possível, pois me sentia uma cobaia sendo tocada por aquelas pessoas estranhas, mas, ao mesmo tempo, eu não tinha nenhuma pressa, já que eu não sabia para onde iria depois dali. Então, surgiu ali um sentimento, um obscuro e apavorante sentimento: tive medo.

Coloquei uma roupa (que aparentemente era minha), calça jeans e uma camiseta branca desbotada. Andei pelos corredores com impressão de que todos cochichavam sobre mim.

Na recepção, dei de cara com uma enfermeira que, ao me ver, parecia ter visto a morte. Sua bela pele negra ficou arrepiada, ela apenas me encarou e me entregou um envelope grande com meus pertences: uma carteira com meus documentos básicos e dois cartões, um batom e poucos trocados.

Quando eu estava na porta do hospital, me senti envergonhada. Alguns funcionários estavam lá e ficaram me observando enquanto eu saía dali. Quando me vi parada em pé na calçada, percebi que eu não tinha um destino, dentro de mim eu preferia ter continuado dormindo, parecia ser mais fácil.

Eu estava meio tonta, me manter em pé era muito difícil. Achei estranho terem me liberado tão rápido do hospital, mas não questionei. Minhas pernas e pés doíam e repuxavam, então me sentei no banco da praça que ficava ali em frente. Não tinha ninguém no banco, era quase fim de tarde.

Respirei fundo, peguei uns trocados da minha carteira e fui até o mercado comprar algo para comer. Eu sentia uma fome avassaladora e, ao mesmo tempo, um pouco de náusea. Estava muito magra, talvez sempre tivesse sido.

Apesar de tanta confusão em minha mente, havia uma certeza dentro de mim, eu me sentia protegida, amada e guardada por Deus, podia sentir que Ele estava comigo. Fiz uma prece: "Pai, eu não sei quem eu sou, nem para onde devo ir. Será que o Senhor pode mandar alguém para me guiar nesse momento?". Eu estava com os olhos fechados, mas pude sentir que alguém se sentou ao meu lado. Um vento leve e suave passou por mim. Quando eu abri meus olhos, vi um senhor pequeno com um agasalho grande. Eu soltei um pequeno riso e me achei boba em ter pensado que ele pudesse ser um anjo.

O homem também me olhou e sorriu. Quando eu menos esperava, ele disse:

— Perdeu sua fé tão cedo, Sandra?

Eu arregalei meus olhos.

— Como você imaginava que os anjos fossem?

Eu congelei por uns segundos, não tive nenhuma reação. Por mais dúvidas que tivesse, eu só queria saber o nome dele.

— Como você se chama?

— Isso não importa agora — ele respondeu, sorrindo. — Estou aqui para te ajudar a cumprir sua missão.

— Mas eu quero saber seu nome, quero testificar você na Palavra de Deus.

O que eu disse? Como eu sabia aquelas palavras? Saíram de mim naturalmente.

— Chamo-me Lamuriel, sou responsável por ajudar profetas a encontrarem repouso.

— Você está nas histórias da Bíblia?

— Sim. Eu ajudei Elias, Eliseu e alguns profetas que vieram depois deles até o dia de hoje. Eu os guiava, com o propósito de operar milagres.

Olhei para o céu e fiquei calada, apenas concordava com a cabeça, não sabia o que dizer nem o que pensar. Eu não queria desrespeitar um soldado de Deus, nem jogar palavras ao vento.

Eu não sabia se tudo aquilo era real, se eu estava realmente ali, se aquele tipo de situação era comum ou não para mim. Estar viva não fazia sentido para mim, eu não tinha um propósito até aquele momento.

— Sandra, o ser humano é muito curioso. A maioria de vocês não vê os anjos porque não os deixaria falar e os encheria de perguntas e pedidos.

Continuei calada, imóvel.

— Quanto às suas dúvidas, fique tranquila, tudo será esclarecido no tempo certo. O que você tem que fazer agora é ir à rua Sete. Caminhe até encontrar uma casinha amarela e procure por Jane. Ela vai lhe hospedar.

— Obrigada.

Foi a única palavra que parecia apropriada. Eu sabia que ele não podia ler minha mente, como está descrito na Palavra de Deus que só o Senhor pode (Salmo 139:2), mas com certeza ele podia ler minhas expressões de confusão.

Terminei de comer meus biscoitos ali mesmo no banco. Perguntei a uma pessoa que passava onde ficava a rua e segui pela orientação que recebi. Procurei a casa e cheguei tão rápido que parecia que eu já sabia o caminho.

Jane estava na porta me esperando, sentada em uma cadeira de balanço que rangia um pouco. Era uma senhora gordinha com um coque na cabeça e um grande sorriso nos lábios. Sua casa era cheia de plantas e bem arrumada.

Quando me apresentei no portão, ela veio até mim e me recebeu com um grande abraço e um grito de "Oh, glória!".

— Eu estava à sua espera, abençoada. O Senhor me disse que você viria hoje!

Ela foi me puxando para dentro da casa, me oferecendo todo tipo de quitutes. Eu me sentia tão familiarizada com ela, mas percebi que ela não me conhecia. Era algo como uma ligação de almas.

— Então, amada, está de passagem pela cidade para uma missão? O Senhor me disse que você é uma profeta de fogo!

Eu olhei para ela e sorri.

— Sim. Na verdade ainda não sei o que devo fazer. Só fui direcionada para sua casa.

— Então vamos até a cozinha. Você deve estar faminta. Está tão magrinha!

Eu entrei e me acomodei na cadeira de madeira em frente a uma mesa redonda.

— Que bom que Deus te mandou, minha filha. Eu moro nessa casa sozinha há anos. Só costumo frequentar a igreja e o mercado do centro da cidade. Fico muito feliz quando recebo visitas, ainda mais quando são pessoas de Deus como você.

— Eu que estou feliz por você me receber sem ao menos me conhecer.

Jane sorriu largamente e se encostou no balcão da cozinha.

— Se meu Deus te conhece, para mim é melhor ainda. Quantas vezes achamos que conhecemos alguém e acabamos nos decepcionando grandemente. Mas o Senhor não erra quando conhece alguém!

Que mulher cheia de sabedoria. Era tão bom estar perto dela, era possível sentir a presença do Espírito Santo na vida daquela senhora.

— E de onde você está vindo, minha filha?

Logo que ela perguntou eu me fechei. Coloquei as mãos sobre as coxas e olhei para baixo. Jane percebeu meu desconforto.

— Tudo bem se você não quiser falar. Nós, profetas, passamos por experiências com Deus e algumas coisas não devemos dizer pra ninguém.

Mas como você é canela de fogo também, posso entender um pouco o que você está passando.

Incrivelmente, eu entendia todos os termos que ela usava na conversa, percebi que eu fazia parte daqueles termos: ungida, canela de fogo, escolhida, profeta. Dentro de mim eu sabia quem eu era, mas me sentia como uma marionete sem emoções, nem vontade própria.

Ainda assim, minha fé estava em Jesus, e se Ele tinha começado aquela obra, seria fiel para terminá-la (Filipenses 1:6).

Conversamos bastante, sempre sobre a Palavra de Deus, e eu sabia muito bem sobre o assunto. Ela me contou a sua história, me ensinou muito e me deu valiosos conselhos, entre eles o que mais me marcou:

— A sabedoria vem do ouvir. Se não tem nada para dizer para o bem, então se cale!

Lembrei da conversa que tive com Lamuriel. Calar-se é uma boa decisão.

Me senti muito bem na casa de Jane, estava acolhida de verdade. Comi bastante, realmente ela sabia que alguém iria visitá-la, pois tinha feito muitos tipos diferentes de comida.

Quando terminamos de conversar ela me mostrou o quarto onde eu ficaria. Era modesto, porém bem organizado e limpo. Continha um banheiro e móveis antigos, toalhinhas de crochê para todo lado, era mesmo uma casa de vovó.

Acomodei-me melhor e coloquei-me diante de um grande espelho. Comecei a olhar meu rosto, meus cabelos, meus olhos, minha boca, meu nariz, e era tudo novo. Percebi que eu era uma moça bonita e jovem, mas tinha um péssimo gosto para corte de cabelo. Talvez nunca o cortaram durante o tempo do coma, ele estava muito comprido, seco e cheio de pontas duplas.

Tirei a roupa para entrar no chuveiro e comecei a conhecer o meu próprio corpo. Era tão estranha aquela sensação de não saber o que eu poderia encontrar em mim mesma. Mãos pequenas e dedos compridos, pele pálida e alguns ossos aparecendo sob a pele ressecada.

Eu tinha marcas pequenas no corpo, algumas provenientes do meu tratamento no coma, como picadas de agulhas e pequenos hematomas roxos, mas nenhuma comparada à enorme cicatriz bem no meio do meu peito, era inacreditável. Era como se eu tivesse feito uma cirurgia de coração, mas achei que não era o caso, pois nenhum dos profissionais que me atenderam falou sobre isso.

Fiquei assustada e pensativa sobre o assunto. Será que eu tinha alguma doença grave? Mesmo confusa, entrei no chuveiro e desfrutei de um ótimo banho quente. Como foi boa aquela sensação na minha pele. Enquanto eu passava o sabonete no corpo, vi que eu realmente tinha um corpo. Um corpo que se movimentava, que funcionava, que estava vivo. Senti-me grata.

Saí do chuveiro e percebi que não tinha roupas para vestir, mas quando sentei na cama vi que Jane tinha deixado algumas roupas pra mim.

Ali, sentada, em silêncio, ainda com a toalha enrolada no corpo, pensei em como Deus se atentava aos detalhes e me lembrei da passagem: *"E, se Deus assim veste a erva que hoje está no campo e amanhã é lançada no forno, quanto mais a vós, homens de pouca fé?"* (Lucas 12:28).

Eu não me lembrava de mim mesma, mas das Palavras da Bíblia eu me lembrava muito bem.

Quando enfim me deitei, fiquei pensando em alguma maneira de recompensar Jane por sua bondade para comigo, eu não me sentia merecedora de tanto zelo e carinho. Então, orei a Deus e perguntei o que eu podia fazer por ela. Na oração, agradeci (logo no primeiro dia fora do hospital) a Deus por Ele ter me preparado um teto, comida e até roupas limpas. Depois de agradecer, meu único pedido foi poder ajudar a Jane.

Durante a madrugada, tive um sonho que parecia mais com um arrebatamento.

Sonhei com meu Senhor Jesus. Ele era o único que sabia quem eu era.

Na visão eu estava num campo florido com um vestido branco e tão leve que parecia ser feito de vento e brisa. Na minha frente, uma bela paisagem da natureza. Foquei meus olhos em um ponto no horizonte que foi crescendo e tomando forma ao mesmo tempo que se aproximava. Tomou, então, a forma de um Leão, que andava calmo e suave. Eu não senti medo, apenas vontade de estar perto Dele cada vez mais. O grande Leão vinha andando sobre o ar. Jesus se sentou do meu lado. Eu sentia um temor e ao mesmo tempo uma imensa paz, era como se eu estivesse na beirada de um vulcão que estava pronto para entrar em erupção. Ainda assim, eu sentia que nem mesmo a lava quente poderia me atingir naquele momento. Era uma mistura de sensações: proteção e poder.

Eu queria ficar ali ao seu lado para sempre, mas parecia que o tempo não existia. Para sempre somente ali, olhando a paisagem com meu Senhor comigo. Era tão familiar todo aquele momento, como se eu já estivesse estado naquele lugar.

Ele quebrou o silêncio com sua voz firme e aveludada:

— Filha. Não se preocupe com essa nova fase da sua vida. Eu vou estar ao seu lado nessa jornada, como sempre estive. Nunca te abandonarei.

Lentamente, virei o pescoço e olhei para Ele, como se estivesse anestesiada por sua presença.

— Pai, como é bom estar aqui na sua presença!

Meu Senhor olhava para mim com um olhar amoroso, e a nossa comunicação era apenas por telepatia. Nossos lábios não precisavam se mexer.

— Filha, eu sei que você quer ajudar minha serva Jane. Quando você acordar, eu vou te direcionar nessa missão.

Fui abrindo os olhos lentamente, minhas mãos estavam sobre meu abdômen, me senti um pouco enjoada, fiquei muito tempo sem comer e provavelmente meu estômago não estava mais acostumado com comida, foi o que deduzi. O desconforto foi ficando cada vez pior e eu comecei a clamar a Deus, pedindo para que ele mandasse seu anjo. Mas nada aconteceu.

Devagar me virei na cama e deslizando coloquei meus pés no chão. Tomei um forte impulso e corri para o banheiro. Vomitei um líquido escuro, vomitei tanto que no final comecei a expelir algo que parecia ser sangue. Estava tão mal que não conseguia ficar em pé.

Minha cabeça latejava, os músculos do meu corpo todo repuxavam, eu tentava levantar, mas não tinha forças. Comecei a orar desesperadamente, eu sentia que uma coisa muito grave estava acontecendo comigo. Pensei que talvez estivesse muito doente e que os médicos — por negligência — não me disseram nada.

Tive medo de morrer ali, estava com tanta dor que quase perdi a esperança, comecei a me desesperar. Mas, em meio à fraqueza, eu lembrei do que Jesus havia me dito e eu sabia que Deus terminaria a obra que começou em mim. Virei-me, ainda no chão, e engatinhei até a cama com muita dificuldade. Quando cheguei a ela, ergui minha cabeça para o alto e soltei um grito com minhas ultimas forças: "Jesus, me socorre!".

Uma música começou a ressoar muito baixo nos meus ouvidos. Quando abri os olhos, percebi que minha cabeça estava no colo da Jane. Ela estava sentada no chão e cantava um hino que dizia: "Há poder no sangue de Jesus".

Eu estava meio zonza, me sentia muito fraca. Ouvi naquela hora a voz do Espírito Santo que saía do meio das notas daquela canção:

— Ore por ela.

— O quê? — perguntei.

Eu mal podia me mexer, mas Deus me dizia para eu orar por alguém que parecia bem melhor que eu. Então ouvi de novo:

— Você me pediu para retribuir a ela. Agora se levante, ore por ela e expulse essa doença

Era, sim, o Espírito de Deus.

Fui me levantando e fiquei de joelhos na frente dela. Jane me olhou curiosa e perguntou:

— Você está bem, minha filha?

De repente, fui enchida de uma tremenda força e poder e senti que eu podia fazer qualquer coisa. Coloquei minha mão no estômago dela e ordenei, sem perceber:

— Câncer, saia dela agora, em nome de Jesus!

No mesmo momento, ela começou a tossir e, em meio à tosse, expeliu um liquido escuro, depois veio o sangue e, por fim, uma bola de pedra do tamanho de uma ameixa! Era o câncer que estava nela havia mais de dois anos.

Eu não sabia do câncer, ela não tinha me dito nada, mas Deus sabia. Poucos segundos depois ela se levantou, foi se apoiando nos joelhos e quando ficou de pé começou a glorificar a Deus gritando:

— Glória a Deus! Obrigado Jesus!

Eu comecei a rir, uma alegria me tomou. Eu olhei para minha barriga e percebi que não sentia mais nenhuma dor ou náusea. Fiquei tão feliz por ela e pelo que Deus tinha me usado para fazer, era algo inacreditável. O mérito não era meu, era de Jesus, e quando pensei nisso comecei a chorar.

Eu não entendia nada de mim, só de Deus. Eu era como uma criança pura, sem lembranças e sem malícias. Ainda assim, Deus tinha me usado para fazer algo grandioso por alguém que realmente merecia.

Eu fiquei curiosa naquele instante e quis saber quem eu era e se eu já tinha feito aquilo antes.

Jane me deu abrigo durante alguns dias, nós cantávamos louvores a Deus todos os dias e orávamos. Ela me ajudou nas questões burocráticas dos meus documentos. Procurei os órgãos legais da minha cidade e soube que eu tinha um bom dinheiro no banco.

Aquele dinheiro me foi útil para eu aprender a viver de novo e organizar a minha vida. Deus estava cumprindo sua promessa, me mostrando que não me deixaria desamparada.

Capítulo 2

JANE I

No susto. Foi assim que a pequena Jane acordou ao ouvir mais uma briga de seus pais. Como sempre, seu pai chegou bêbado em casa, tarde da noite, e começou a agredir sua mãe.

Com seus pezinhos descalços, a menina franzina, de 10 anos, se levantou da cama e correu para o quarto dos irmãos. Ela trancou a porta e usando toda sua pouca força, ela arrastou a cômoda para garantir a proteção dos pequenos. Cantando um hino de adoração, Jane abraçou os dois meninos confortando-os em seus finos braços.

Eles tinham uma boa casa própria e um carro popular na garagem. Na geladeira, comida o suficiente. Não tinham dinheiro para esbanjar, porém viviam confortavelmente.

As coisas ficaram piores quando o pai de Jane começou a beber. Antes, ele ia para a igreja com sua esposa e filhos e tinha até um bom cargo de porteiro, recebia as pessoas e as mostrava o lugar na hora dos cultos, mas largou tudo, parou de ir à igreja e perdeu a fé. Foi quando ele descobriu que seu pastor (que era casado) teve um caso com uma missionária. O pastor adúltero foi afastado do cargo, mas o pai de Jane ficou tão abalado que não queria mais saber de igreja nenhuma depois de saber do ocorrido.

Além disso, ele proibiu sua esposa de frequentar os cultos e, em pouco tempo, começou a bater nela toda vez que o desobedecia.

Depois de alguns meses naquela situação, a mãe da pequena Jane já não aguentava mais e foi até a esposa do novo pastor pedir aconselhamento. A mulher disse para a coitada que o problema era ela, sua pouca fé, e também disse que se ela quisesse um marido transformado tinha que aguentar calada e orar mais, e que se ela pedisse divórcio estaria pecando. A pobre mulher seguiu o mau conselho.

Jane ia para escola, ajudava sua mãe com os deveres da casa e também cuidava de seus irmãos mais novos, mas logo sua mãe precisou arranjar um trabalho para sustentar os filhos, já que seu pai gastava todo o salário com bebida e mulheres. A pequena Jane deixou de frequentar as aulas para se dedicar totalmente aos afazeres domésticos.

Algum tempo se passou e nada mudou. A mãe de Jane continuava apanhando, apesar de se dedicar tanto ao trabalho da igreja e a suas orações. Jane já estava com 12 anos e começou a entender a gravidade da situação. Um dia, ela foi à igreja com sua mãe e, em segredo, pediu socorro para as irmãs do círculo de oração, mas elas apenas disseram: "Vamos orar, menina".

Realmente, a oração é um remédio para tudo. Mas Deus também quer que tomemos algumas atitudes quando precisamos de uma mudança de vida. Na verdade, aquelas mulheres foram negligentes e não fizerem nada para ajudar aquela família que pedia socorro.

No dia seguinte, tudo de novo. O pai de Jane começou a agredir sua mãe e foi uma cena forte. Ele rasgou a blusa da esposa, deixando-a seminua, o sangue escorria de sua boca e de seu nariz. Ele gritava todo tipo de ofensas, ela estava caída no chão.

Então, a menina encarou seu pai, se jogando na frente da mãe para tentar protegê-la. O homem enlouquecido foi dar outro soco na esposa e acabou acertando a menina, que desmaiou com o golpe.

Depois disso, Jane acordou no hospital com muita dor na boca. Ela tinha perdido dois dentes e fraturado sua mandíbula. Ficou com sequelas que dificultaram sua pronúncia.

Sua única tia estava ao seu lado quando ela acordou, e chorava em volta de seu leito.

— Querida, você está bem?

— Tô sim, tia Leda. Onde está a mamãe? — a menina perguntou, meio zonza de tantos remédios, fazendo força para abrir a boca, que estava torta.

Leda começou a chorar incessantemente, secando as lágrimas com uma toalhinha da mãe de Jane.

— O que aconteceu com minha mãe?

No fundo a menina já sabia que nunca mais veria sua mãe, ela sentia que um dia aquilo iria acontecer. Por isso ela pediu ajuda na igreja, mas ninguém escuta uma criança como escuta um adulto.

— Tia, será que Deus está bravo comigo?

— Não querida. Por que estaria?

— Porque ele não ouve minhas orações. Eu queria que o papai morresse, não a mamãe.

A tia era a única responsável legal pelas crianças e ficou com a guarda de Jane e seus dois irmãos. Então, levou-os para a favela, onde morava sozinha. Mais uma vez a menina saiu da escola para cuidar dos irmãos, já que sua tia trabalhava o dia todo e chegava tarde em casa.

Quando Jane completou 16 anos, a tia começou a maltratá-la e exigiu que ela trabalhasse para sustentar seus irmãos. Leda dizia que sozinha ela não dava conta e que não era obrigada a criar filhos do outros.

O único emprego que a moça conseguiu foi na casa de uma mulher rica no centro da cidade. Ela andava cinco quilômetros todos os dias para ir e o mesmo para voltar. Limpava sozinha a casa de 23 cômodos e ganhava tão pouco que não dava nem para o leite dos pequenos gêmeos, que já estavam com 7 anos.

Um dia, Jane estava chegando cansada na favela quando viu sua amiga de vizinhança com uma corrente de ouro no pescoço, que era uma moda da época. Ela correu para mostrar a joia e Jane ficou curiosa:

— Onde você conseguiu isso, menina? Não me diga que você está roubando? Fica andando com esses moleques malandros.

— Que roubando, que nada, Jane, eu ganhei.

— Ganhou de quem, sua doida?

— De um velho rico. Ele me dá tudo que eu peço e em troca só preciso fazer uns agrados nele.

E assim que a menina inocente conheceu o significado da prostituição. Ela passou dias pensando se valia a pena. Já não ia à igreja havia meses e tinha vontade de dar uma vida melhor para seus irmãos. Ela ia dormir pensando e acordava pensando. Imaginava se teria coragem de dormir com homens velhos e feios, e outros sujos, talvez doentes. Não eram só os irmãos que a motivavam, ela também tinha vontade de usar roupas novas e não aquelas velhas ganhadas dos outros. Ela queria arrumar seu cabelo, alisar, talvez, comprar um batom. "Deus me perdoará", ela pensou. No fundo, ela tinha uma certa mágoa de Deus, pois Ele tinha deixado sua mãe morrer.

Jane começou a ler jornais e um dia ela achou um anúncio que dizia procurar por moças novas e bonitas para serem massagistas. A jovem entendeu na hora do que se tratava.

Pela manhã bem cedo ela decidiu que seria seu último dia como faxineira. Mas algo inesperado aconteceu.

Quando estava descendo a ladeira — ainda estava escuro —, uma senhora gritou da janela:

— Menina, venha aqui, tenho um recado de Deus para você.

Ela não pensou muito e caminhou em direção à mulher de coque que estava debruçada na janela. E a senhora disse com muita autoridade:

— Olha, eu não te conheço, menina, só sei que você mora aqui perto. Mas Deus manda te dizer que é para você voltar para a igreja e fazer a obra para a qual Ele te escolheu. Só assim você será feliz de verdade.

Jane estava calada e de cabeça baixa. E a mulher continuou:

— Eu vejo sobre você uma armadilha de Satanás, armada para te pegar! E se você cair, no começo vai parecer um mar de rosas, mas debaixo das pétalas tem espinhos e sangue. Depois, Satanás vai tirar seu bem mais valioso. Vigia, menina!

Jane recebeu a profecia com sinal de reverência e no final disse amém. Ela voltou para seu trajeto com o coração na boca, estava com medo. Ninguém sabia o que ela estava planejando e ela pensou em parar com aquela loucura. Mas o diabo não desistiria tão cedo, e preparou mais uma armadilha para ela.

Naquele dia, sua patroa a humilhou porque ela não havia secado direito a pia. A mulher gritou, dizendo que Jane era uma negra inútil, suja e que não servia nem para limpar o chão. Ela chorou em todo o caminho de volta para casa.

Para piorar, quando ela chegou em casa, um de seus irmãos estava chorando porque queria comer um doce de coco, mas nem ela, nem a tia tinham dinheiro para compar.

Sua tia negligenciava tudo, simplesmente fingia que não via o seu sofrimento.

Então, Jane decidiu de vez e escolheu pelo pecado. Venderia seu corpo, mesmo que precisasse encarar homens nojentos e doentes.

Ela se arrumou e colocou sua melhor roupa. Sozinha, foi atrás do anúncio e chegou num apartamento no 13º andar, próximo ao centro da cidade. O local era muito discreto e não era como ela imaginava. Pensou que teria luzes piscando, música e bebida.

Uma mulher muito bonita e bem arrumada a recebeu e explicou que não se tratava de um prostíbulo ou "pulgueiro", mas que ali havia só duas garotas atendendo seus clientes e que elas dividiriam o aluguel. Pareceu mais fácil pelo conforto, mas Jane não imaginava o que estava por vir.

Capítulo 3

O PASTOR E A CASA

Despedi-me de Jane depois de uma longa oração, nos abraçamos forte. Ela me deu uma pequena mala com algumas roupas e comida para viagem. Fui a rodoviária a pé cantando louvores pelo caminho. Orei, depois peguei o primeiro ônibus que parou na minha frente, ele estava indo rumo a uma cidade pequena que não ficava muito longe dali.

Eu não tinha mais visto o anjo, nem ouvido a voz clara do Espírito Santo, apesar de orar bastante. Às vezes parecia que eu estava sozinha, porque o ser humano é acostumado com aquilo que os olhos podem ver, mas o agir de Deus nem sempre é visível, pois acontece no mundo espiritual.

Minha primeira parada foi numa imobiliária. O dinheiro que estava na minha conta era suficiente para comprar uma casa. O único corretor da cidade me levou para olhar algumas casas. Não demorou muito e eu encontrei uma propriedade que mexeu com meu coração. Era uma casa grande, eu me apaixonei por ela assim que a vi. Ela tinha quatro quartos, uma cozinha grande, uma sala de estar espaçosa, uma pequena sala de jantar, uma ampla lavanderia e vinha com um brinde especial que estava na garagem, parado há alguns anos.

A propriedade também possuía muitas terras férteis que eram utilizadas para plantio. Instalei-me no mesmo dia e fiz de lá o meu lar.

Minha casa era grande e aconchegante e por ser cidade pequena o preço foi bem abaixo do estimado, nem dava para acreditar. Eu não quis saber quem morou lá, nem sequer conhecia ninguém da cidade além do corretor. Preferi ficar uns dias isolada até ter coragem de sair e fazer amigos. Mas como eu faria amigos? Não podia contar para as pessoas o que aconteceu comigo, elas teriam medo de mim. E quando perguntassem de onde eu era, qual era minha profissão, quem eram os meus irmãos e meus pais, o que eu responderia? Lembrei-me de um dos sábios conselhos de Jane: "Na dúvida, fique em silêncio!".

Já havia móveis na casa, então não precisei comprar nada, eles eram lindos e antigos do jeito que eu gostava, as poucas coisas que tive que comprar foram algumas roupas e comida, apenas o necessário para me abastecer. Fui arrumando uma coisa aqui, outra ali, deixando tudo do meu jeitinho e, em cada pequeno gesto, eu aprendia mais sobre mim mesma.

Depois disso, não saí mais de casa, até que um dia alguém bateu em minha porta.

— Tem alguém em casa? Oi, tem alguém aí?

Quando abri, vi que era um senhor que aparentava ter uns 60 anos, muito simpático.

— Olá, moça. Me chamo José Henrique. Vi que você se mudou há pouco tempo.

— Sim, meu nome é Sandra. Em que posso ajudar o senhor?

— Eu sou o leiteiro da cidade e entrego leite nas casas. Eu posso passar uma, duas ou até três vezes por semana. E você pode me pagar mensalmente. Meu leite tem garantia de qualidade e é sempre bem fresquinho!

Eu achei aquilo incrível, coisa de cidade pequena.

— Está bem, pode passar duas vezes. Eu moro sozinha, não consumo muito.

— Ótimo. Você pode fazer o pagamento na mercearia da cidade. Eu sou o dono dela.

Aos poucos, conforme ele ia falando, eu me sentia mais confiante em sair e me relacionar com outras pessoas. Conversei um pouco com Henrique, ele era um homem baixo com pouco cabelo, porém com um largo sorriso que me fazia sentir muito bem.

Ele trazia meu leite toda semana e eu sempre acordava cedo para o esperar do lado de fora, na varanda, sentada no balanço.

— Bom dia, dona Sandra. Olha que dia lindo que Deus nos preparou! — disse ele, com o litro de leite nas mãos, enquanto descia da caminhonete.

— Dia lindo, seu Henrique? Está nublado e garoando!

— Sim, nem por isso o dia deixa de ser bonito. Se não tivermos chuva, também não temos colheita.

Henrique chegava, conversava um pouco comigo e depois ia embora.

— O senhor tem razão — concordei, sorrindo e tirando as mãos do bolso do meu roupão para pegar o leite.

— Agora já vou indo. Deus te abençoe minha filha, nos vemos na quarta-feira.

No começo eram frases rápidas, mas depois se tornaram longas e prazerosas conversas. Falávamos do tempo, das terras, da cidade e ele nunca perguntava sobre minha vida pessoal, o que me fazia sentir cada vez mais confortável em conversar com ele sem medo de ser questionada. Ele se tornou meu único amigo, eu via nele a figura de um pai.

Eu tentava esconder a solidão e a tristeza que eu sentia. Eu ficava todos os dias em casa, saía só para comprar o necessário e as pessoas da cidade começaram a reparar em mim. No começo elas me perguntavam coisas básicas e eu mal respondia. Com o tempo, entenderam que eu era uma pessoa evasiva e pararam de tentar conversar comigo. Mas o que eu diria se me perguntassem sobre minha vida? Elas não compreenderiam minha situação.

No tempo em que eu estava sozinha eu assistia TV, lia vários livros e me preocupava em fazer comidas saudáveis. Mas com os dias passando sempre iguais, aquela solidão foi invadindo meu coração. O leiteiro José Henrique era o único com quem eu podia conversar sobre coisas que não faziam parte do meu passado. Ele também me falava muito bem da sua esposa, Maria das Graças, e do seu filho Jeremias, que estava morando em outra cidade.

Um dia eu resolvi perguntar a ele sobre o que as pessoas achavam de mim. Estávamos sentados no banco do jardim.

— Ah, minha filha. Por que quer saber sobre isso?

— Me conte, seu Henrique. Eu percebo que as pessoas daqui me olham de canto de olho.

Ele sorriu e não quis responder, mas eu insisti.

— Pode me falar. Eu já imagino o que elas dizem sobre mim.

Henrique, então, me confirmou o que eu já esperava, que as pessoas me achavam metida e arrogante e que parecia que eu me considerava melhor do que elas. Mas eu não me ofendi, porque no fundo aquelas pessoas não tiveram chance de me conhecer de verdade.

Então, Henrique me fez enxergar de outra maneira, perceber como aquelas pessoas viviam e como eu as tratava. Assim, pude entender e me colocar no lugar do próximo. Ele sempre dizia: "Se machuca você, também machuca seu irmão".

Percebi que não eram só as pessoas da cidade que tinham curiosidade sobre a minha vida, mas Henrique também tinha. Antes que ele me perguntasse algo, eu resolvi contar a ele, já que ele era a única pessoa que estava pronto a me ouvir sem julgamentos. Eu não tinha mais ninguém com quem contar.

O velho leiteiro escutou tudo pacientemente e sorria a cada frase. Quando terminei de contar, ele me fez um convite.

Henrique me convidou para visitar sua igreja, na qual ele pastoreava havia mais de 20 anos. Na verdade, aquele senhor cativante também era um pastor e eu estava me colocando numa condição de ovelha sem saber. Aquele jeito que ele tinha de conversar e fazer eu me sentir bem, na verdade, era um dom que Deus tinha dado a ele para pastorear seu rebanho. Aprendi muito com ele, sobre Deus e sobre a vida.

Eu fiquei feliz por ser convidada, finalmente iria conhecer novas pessoas e fazer amigos. Ele disse que me buscaria em casa no domingo de manhã para o culto de família.

Esperei os dias ansiosa, pensando nas palavras que usaria para falar com as pessoas da igreja, e enfim o domingo chegou. Acordei bem cedo e fiz um bom café, coloquei um vestido florido e fiquei esperando a chegada de Henrique, que traria junto sua esposa para me conhecer.

No entanto, minha ansiedade me fazia acreditar que ele não viria. Os minutos se passaram e fiquei sentada na varanda, olhando para a floresta a minha frente, como se eu estivesse congelada.

Os minutos fatigantes viraram horas. O pastor não apareceu.

As horas se passaram mais e mais, e quando senti minha barriga roncar de fome, ergui a cabeça e vi que o sol já estava a pino. Eu ainda estava na varanda, com a sensação de abandono. A sensação angustiante que me perseguia, veio sobre mim como uma montanha que desbarranca sobre uma pequena casa.

Meu único amigo, o homem que se aproximava à figura de um pai — como o pastor que era — não veio me buscar, se esqueceu de mim!

Fiquei nervosa e magoada, pensando nas palavras grosseiras que eu usaria no dia em que ele voltasse para me trazer o leite.

Fui para dentro emburrada e batendo os pés com força no chão, como uma criança birrenta. Depois, abri a geladeira, comi uma fatia da minha torta de pêssego, e continuei comendo até devorá-la por inteiro. Me sentei na poltrona e adormeci na frente da TV.

No dia seguinte, ele também não apareceu. Nem no dia depois daquele, nem no outro dia. Eu não fui procurar por ele, pois eu não sabia o que diria para sua esposa ou família, já que ninguém me conhecia, só sabiam que eu era a moça arrogante que morava no "Casarão da Fazenda".

Vários pensamentos passaram pela minha cabeça:

"Será que a esposa dele estava com ciúmes de mim e o proibiu de me buscar? Será que ele desistiu de mim? Será que ele achou que eu era louca com aquela história de amnésia? Será, será e será".

Eu passei aqueles dias completamente sozinha, sentindo uma imensa dor dentro de mim e cercada por sentimentos demoníacos.

Sim, posso dizer demoníacos, porque eles provêm de demônios. Ou seja, são os próprios demônios que se alojam em nós quando damos alguma brecha de pecado.

Assim como na passagem de Marcos, capítulo 7, em que Jesus dá atenção a uma mulher grega e expulsa de sua filha um demônio, eles podem causar diversos tipos de males, como doenças e todo tipo de sentimento maligno. E isso não significa que a pessoa esteja possuída, mas sim endemoninhada — que é quando o demônio exerce influência e não total controle. Nesse caso, precisa haver um processo de libertação, mas fui me lembrar disso só algum tempo depois e hoje posso analisar bem o que estava me atingindo.

Rejeição e solidão. Por que não tinha ninguém na Terra por mim? Eu não tinha amigos ou família.

Pensei: "Talvez eu tenha motivos para ter esse sentimento".

Não! A Bíblia nos ensina que somos filhos e herdeiros de Deus, temos Nele um pai e uma família. Não podemos arranjar desculpas para abrigar espíritos malignos em nós. *E, se nós somos filhos, somos logo herdeiros também, herdeiros de Deus, e coerdeiros de Cristo* (Romanos 8:17).

Eu sentava na minha cadeira de balanço na varanda e cantava. Os hinos que curiosamente eu sabia eram muitos. Eu ficava balançando de um lado para o outro, de frente para traz, olhando a diversidade daquelas terras longínquas, cheias de árvores. Comecei a me alegrar e a reparar na minha morada, agradeci pelo abrigo que eu tinha. Pensei em fazer uma reforma.

A casa estava com a pintura gasta e algumas madeiras rangendo no assoalho. Então comecei a planejar, foi algo para ocupar minha cabeça e me afastar da depressão, mas lembrei que meu dinheiro estava acabando e não havia nenhuma reposição. Mesmo assim, fui até a cidade na minha bicicleta e encarei mais uma vez os olhares opressores. Eu comprei algumas latas de tinta e pincéis. No mesmo dia, comecei a pintar detalhadamente, primeiro pelo lado de fora.

Era uma casa bem harmoniosa, porém estava malcuidada. Mas assim como um artista, eu conseguia olhar uma obra abandonada e enxergar seu grande potencial, se nela se empregasse uma boa reforma e trabalho duro.

Demorei um pouco para aprender a mexer com as tintas e os pincéis, e nas primeiras pinceladas eu deixava algumas manchas na parede. Quando a tinta secava eu percebia onde havia alguma falha, então eu dava outra demão.

E foi assim, um trabalho demorado, mas aos poucos eu aprendi sozinha a pintar a minha própria casa e deixei ela com outra cara. Mais clara e limpa, para mim, agora ela estava perfeita.

Com todo esse trabalho, dificuldade e paciência, tive uma lição muito grande sobre como Deus trabalha. Às vezes nós somos casas, que estão abandonadas e entregues ao pecado, nos permitimos sermos tomados pela sujeira do mundo e deixamos de cuidar de nós mesmos.

Deus nos olha e vê em nós potencial! E quando nos entregamos a ele, ele nos reforma. Aos poucos e com paciência, Jesus vai revelando o melhor de nós. Ele nos conhece, sabe como foi feita nossa fundação, os materiais que compõem nossa estrutura. Jesus primeiro nos limpa, tira de nós os cupins, fungos, depois ele repõe peças que deterioraram com a ação do tempo. Em seguida fecha nossas brechas, tampa nossas frestas. Depois nos pinta, nos enfeita. O Senhor nos deixa uma casa confortável e limpa para ser morada do seu Santo Espírito!

Comecei a perceber a benção que era ter um lar, O Senhor havia me concedido essa dádiva. Levei três dias para terminar a fachada. Quando terminei, sentei de novo na cadeira de balanço e fiquei admirando meu trabalho enquanto tomava um suco gelado de laranja. Eu fiquei olhando para a estrada de terra a poucos metros da minha frente e para o meu quintal, comecei a planejar uma reforma no meu jardim. Pensei em plantar algumas flores, plantas ornamentais, legumes e verduras, fazer uma horta completa. Por que não plantar o meu próprio alimento?

Eu precisava me ocupar de alguma maneira e, assim, estava deixando um pouco de lado a dor da ausência do meu novo amigo, o senhor Henrique.

Eu evitava falar em voz alta, estava sentindo que estava ficando maluca, já que não tinha ninguém por perto. Quando eu percebia que estava conversando comigo mesma, eu simplesmente serrava meus olhos e apenas visualizava na mente nossos momentos juntos, sem fazer nenhum barulho. Na verdade, isso estava me fazendo mal, eu estava tentando reprimir os meus sentimentos, controlá-los, fingia que eles não faziam parte de mim.

Sem saber, eu estava indo contra a Palavra de Deus. O Senhor instruiu Ezequiel a falar e profetizar sobre os ossos secos. Assim, sua palavra foi um instrumento de Deus usada para gerar vida! (Ezequiel 37:4).

E quando eu estava quase acostumada aos meus novos afazeres, numa manhã de terça-feira, outra pessoa bateu em minha porta. Eu sequer imaginava que essa pessoa transformaria a minha vida.

Capítulo 4

JEREMIAS

Quando abri a porta da frente, lá estava ele. Um jovem bonito, alto, de pele clara, cabelos e olhos castanhos. Sua expressão era séria. Ele prontamente me comunicou que seria o novo leiteiro e perguntou os dias em que ele deveria passar.

Eu fiquei intrigada, ele nem sequer perguntou meu nome e me encarava no fundo dos olhos. Estava com uma jaqueta de camurça e uma prancheta nas mãos, em que ia anotando algumas coisas.

Eu o observei de cima a baixo em poucos segundos. Então, eu o confrontei:

— Quem é você? Onde está o senhor Henrique?

— Sou Jeremias. Você faz muitas perguntas para uma garota louca.

Ele me respondeu assim, grosseiramente, sempre me olhando firme no rosto. Eu fiquei muito brava com tanta audácia.

— Quem você pensa que é para falar assim comigo? Seu arrogante!

Calmo e frio como uma geladeira, ele continuou dizendo:

— Tudo bem, moça nervosa, se você me responder logo eu posso ir embora e deixar você em paz.

Sem sair porta afora, eu o confrontei de novo. Era tão arrogante quanto era bonito.

— Será que você pode mostrar um pouco de educação? Me diga, por favor, onde está o senhor Henrique?

Segurando a prancheta, ele levantou a cabeça para o céu. Expressou um silvo, então voltou a olhar nos meus olhos e respondeu:

— Acontece que meu pai está morto, ele teve um infarto! Faleceu há uns 15 dias, foi num domingo de manhã. Agora, se você me permite, responda à pergunta para eu ir embora.

— Como assim, ele faleceu? — gritei — Meu Deus! O que aconteceu com ele? Por que ninguém me avisou?

Fiquei imóvel e gelada. No momento em que ele me contou o ocorrido eu paralisei. Então seu Henrique tinha sofrido um infarto na manhã em que me buscaria para igreja. Eu não sabia o que dizer nem o que responder.

Além de tudo, descobrir que aquele rapaz arrogante era o filho do senhor Henrique foi demais para mim, ele falava tão bem do filho. O leiteiro foi muito generoso ao descrever aquele rapaz.

— Eu sinto muito pelo seu pai. Ele era um homem maravilhoso, tão sorridente, tão sábio!

— Você não sabia nada sobre meu pai. Você chegou à cidade há pouco tempo.

Apesar daquele gênio, eu fiquei com pena dele. Talvez ele só estivesse de luto, talvez não fosse sempre tão grosseiro.

— Verdade, eu não sabia. Mas o que eu sabia era o suficiente para ver que ele era um homem de Deus.

As lágrimas inundaram o meu rosto. Lembrei do conselho do próprio pai dele: "Sempre se coloque no lugar do seu próximo". Lembrei-me, também, que o senhor Henrique comentou que mal conversava com o filho, pois ele estava morando na cidade grande. Talvez Jeremias não quisesse estar ali fazendo o papel de leiteiro, mas agora não tinha escolha, já que era filho único e sua mãe não conseguiria administrar o armazém sozinha.

Sequei as lágrimas com as mangas da minha blusa e enfim falei:

— Pode passar duas vezes na semana.

Ele anotou o que eu disse e depois saiu da varanda em direção ao seu furgão, andando calmamente.

Quando eu fechei a porta, não sabia o que pensar. Agora, sim, eu tinha certeza de que estava sozinha. A culpa ter pensado mal do senhor Henrique me tomou. No fundo eu preferia que ele tivesse me esquecido. Orei e chorei. Encostei-me na porta e fui deslizando até o chão, onde fiquei por alguns minutos, afogada em lágrimas e soluços, abraçando meus joelhos.

Capítulo 5

O ANJO LAMURIEL

Depois que a dor do luto pelo pastor Henrique foi passando, eu não parava de pensar no Jeremias. Naqueles olhos castanhos, naquela testa franzida. Aquele rapaz não saía da minha mente. De fato eu precisava sair um pouco e conhecer mais pessoas ou eu iria me apaixonar pelo primeiro cara bonito que bateu na minha porta.

Eu estava confortável em estar na minha casa. Ficava à vontade, fazia o que eu queria e não tinha obrigações com ninguém, mas meu dinheiro estava acabando e eu estava entediada por não sair.

Eu não tinha obrigação em manter o relacionamento com amigos e ter que ir a jantares e festas, fazer ligações, me preocupar se minha casa estava arrumada para receber visitas... Aquelas coisas chatas de sempre. Só de pensar no trabalho que isso me proporcionaria, tinha vontade de continuar sozinha.

Isso realmente era deprimente e uma mentira. Eu estava tentando ver o lado bom de estar sozinha, mas não tinha nenhum. Essas relações trazem muitos benefícios para qualquer pessoa.

Todo esse falso conforto trouxe o inevitável tédio, que começou a ficar cada vez maior. O vazio começou a me perseguir por onde eu ia. Cheguei à conclusão de que eu deveria levar uma vida normal. Preparei um currículo para encontrar um emprego, mas ele ficou quase vazio. Arrumei-me, subi na minha bicicleta e estava pronta para tentar mudar minha vida.

Arrumar um emprego e ter amigos seria ótimo, mas quando abri a porta da frente, meu medo de pessoas tentou me impedir de conseguir sair de casa. Eu me esforcei, devagar fui até a garagem e subi na minha bicicleta. Eu olhei para a cestinha e para o guidão e na primeira pedalada o medo me segurou e eu quase caí.

Medo de quê? Das pessoas e de como elas iriam rir de mim. Na entrevista de emprego iriam querer saber da minha história, ou pelo menos onde já trabalhei. Quando eles descobrissem sobre minha amnésia, iriam me achar esquisita e eu já sabia que eles me achavam arrogante.

Fiquei sem ar, olhei para minhas mãos e elas tremiam, percebi que minhas pernas também. Meu coração disparou e uma náusea subiu pelo meu pescoço.

Entrei em casa, sentei na poltrona da sala e fiquei novamente paralisada, mas dessa vez olhando para a Bíblia. A palavra de Deus e a sua presença eram tudo para mim, eram minha força. Jesus era o único que me entendia, apesar de eu não conseguir nem abrir a boca para contar pra ele o que eu estava sentindo. Era uma sensação horrível, eu não conseguia controlar meu corpo que tremia tanto, nem minha mente eu conseguia direcionar para pensar em alguma coisa boa.

Eu estava tão fria que não consegui reconhecer que eu precisava de ajuda. Dentro de mim, a dor me consumia viva, era como um fogo queimando rapidamente a lenha seca. Eu fingia para mim mesma que estava tudo bem, mas não estava. Eu não podia mais controlar a minha situação, eu precisava de socorro, um refúgio, uma resposta divina.

E Jesus me mandou um refrigério inesperado. O Senhor sabia quem eu era, mas eu não tinha coragem de perguntar isso a ele em oração. No fundo eu sabia que se estava passando por aquilo, havia um propósito . A única certeza que tive quando acordei daquele coma foi de que minha fé estava inabalável. Eu não tinha força em mim mesma, mas em Jesus. Minha carne estava fraca, mas meu espírito me segurava firme a cada dia.

Se Jesus me manteve viva e saudável depois do acidente, é porque ele tinha planos para mim. Isso gerava uma esperança forte dentro do meu coração, mas depois de meses naquela solidão, eu não consegui mais controlar a situação. Eu estava sentada na cadeira da sala com os braços cruzados sobre meu colo, num leve movimento de traz pra frente, como quem estivesse com dores no abdômen. Eu não conseguia orar em voz alta, apenas soltava uns gemidos, queria chorar, mas não conseguia. Os gemidos foram aumentando e ficaram assustadores. Era como se eu estivesse assistindo aquela cena do lado de fora do meu corpo, sem ter controle sobre minhas ações. Minha mente começou a ser inundada de pensamentos malignos: morte, dor, abandono, solidão.

Então eu me calei. A sala foi invadida de um silêncio sinuoso. Minutos depois, eu ouvi uma suave voz que dizia:

— Fique calma, Sandra, eu vim te ajudar.

Levantei minha cabeça vagarosamente e o vi sentado na minha frente, era o anjo Lamuriel, aquele que eu tinha visto na praça em frente ao hospital.

Eu estava olhando para ele, mas minha respiração ainda estava ofegante e meus olhos arregalados. Então, ele se levantou e me tocou no ombro, e no mesmo instante retomei a calma e a paz me invadiu por completo.

Foi um grande alívio, como se alguém tivesse me puxado pelo braço no momento em que eu estava me afogando na mar. Pude respirar e retomei a consciência, mal podia acreditar que ele estava ali. Eu achei que não o veria mais.

Eu fiquei meses orando por ajuda e ele apareceu só naquela hora. Mas o importante é que ele estava lá. Deixei todo pensamento negativo de lado e o recebi com amor em minha vida. Afinal, ele estava cumprindo ordens superiores: Deus Pai o havia enviado no tempo certo.

— Que bom que você está aqui, Lamuriel. Você veio me curar desse medo de pessoas?

— Eu vou te ensinar a entender a Palavra de Deus. Vamos estudá-la todos os dias e logo você também será capaz de ensiná-la a outras pessoas.

Um sorriso largo brotou no meu rosto. O que eu mais queria no fundo da minha alma, não era saber sobre meu passado, nem me casar, nem conseguir ter uma vida normal. Na verdade, eu tinha sede das coisas de Deus e naquele momento tudo que eu mais queria estava sendo entregue a mim. Era um presente de grande valia e raridade para qualquer ser humano.

— Tudo que você sabia sobre a Bíblia, antes da amnésia, ainda está dentro de você. Mas, muito mais lhe será revelado.

Dúvidas pairaram sobre minha mente, mas fiquei calada. O anjo olhou para mim e sorriu levemente.

— Isso é admirável em um ser humano, Sandra.

— Isso o quê?

— Você deve estar cheia de curiosidade, mas não me pergunta nada.

— Eu já não mereço que você esteja aqui Lamuriel, nem mesmo mereço as revelações que me serão entregues. Eu só quero que isso tudo não seja um sonho.

E assim ele ficou comigo todos os dias, como se estivesse morando ali, como uma pessoa faria. As diferenças dele para uma pessoa comum eram poucas: ele não comia, nem tomava banho e nunca o vi dormindo.

O anjo se sentava à mesa comigo, enquanto eu tomava café e também quando eu almoçava. Nós ficávamos na sala de estar lendo a Bíblia e louvando ao Senhor. Ele também ria comigo, me aconselhava sobre relacionamentos e esclarecia minhas dúvidas sobre a Bíblia. Ele me explicava as passagens bíblicas me contando, por exemplo, como Davi se sentava no pasto para louvar e como Moisés se sentia um estrangeiro no meio dos egípcios.

À tarde ele ia comigo até a horta, me ensinava sobre plantio. Às noites, íamos orar nas montanhas ao redor da fazenda e cantávamos hinos a Deus. Ele me ensinou sobre notas musicais e como tocar alguns instrumentos, eu aprendi muita coisa tão rápido, algo que seria impossível para qualquer ser humano aprender. Quando eu perguntava algo sobre a Bíblia ou sobre o Reino dos Céus que ele não podia me revelar, ele me respondia: "Isso não lhe convém saber".

Eu me sentia totalmente curada de toda enfermidade mental e física. Com ele ali por perto, era mais fácil ter fé. Mas eu sabia que aquilo não seria para sempre, Lamuriel fazia questão de sempre me lembrar disso.

Jeremias continuou me entregando o leite, sempre sério, chegava mudo e saía calado. Até que um dia puxei conversa com ele:

— Bom dia, Jeremias. Como você está?

Ele mostrou estranheza com o olhar. Nossas conversas nunca passaram de bom dia, além é claro do dia que nos conhecemos. Ele nunca viu Lamuriel, só eu podia ver o anjo.

— Estou bem — respondeu, num tom indiferente.

— E sua mãe, como está?

Ele levantou uma sobrancelha e me perguntou:

— Está tudo bem com você, Sandra?

— Está, sim. Só queria saber como vocês estão depois do que aconteceu. Seu pai, na verdade, era a única pessoa da cidade que conversava comigo. Não sei se você percebeu, mas eu não saio muito de casa. A face durona se transformou numa expressão curiosa. Acho que naquele momento ele sentiu compaixão de mim.

— Eu sei, ele tinha me falado sobre você.

Aproximei-me dele lentamente. Estávamos no quintal da minha casa, que não tinha nenhuma cerca, nem portão.

— E o que ele falava sobre mim?

— Ele dizia que você era uma boa moça, e que precisava de orientação. Ele falava também que você era muito meiga.

Eu comecei a rir.

— Ele disse isso mesmo?

— Disse, sim. Mas acho que ele não foi fiel na sua descrição.

Fiquei brava de repente. Estava demorando para Jeremias soltar uma de suas grosserias. Eu estava pensando em como eu iria rebater a ofensa que ele me diria. Eu ia falar que eu também imaginava que ele fosse um rapaz educado, pelo que o pai dele me contava sobre seu filho.

— Como assim, Jeremias?

Ele me olhou com um sorriso de canto de boca e disse:

— Ele esquece de mencionar que você era tão bonita!

Meu coração disparou. Abaixei a cabeça e fiquei envergonhada. Eu também tinha pensado o mesmo sobre ele.

— Então, moça, você podia ir no mercadinho para conversar com a minha mãe, ela sempre pergunta de você. Agora tenho que ir, tenho mais entregas.

Ele saiu e me deixou com um enorme sorriso no rosto. Apesar do seu jeito bruto, ele não era um homem arrogante como eu tinha pensado.

Decidi, já no dia seguinte, aceitar o convite de Jeremias e fui de bicicleta até a cidade conhecer dona Maria.

Quando entrei no armazém ela estava lustrando o balcão. A jovem senhora me recebeu muito bem, me abraçou, sorrindo, e contou como estava se acostumando a viver sem seu marido, José Henrique. Ficamos algum tempo conversando, ela me falou da igreja, do armazém. Maria também falou que apesar de tudo que aconteceu, estava feliz, porque Jeremias tinha voltado a morar com ela e ele estava trabalhando tão duro quanto o pai.

Capítulo 6

RIQUE

Comecei a ir com mais frequência para o centro da pequena cidade, e sempre passava no armazém para conversar com dona Maria. Eu pegava minha velha bicicleta e pedalava uns três quilômetros, parava no armazém, enchia minha cestinha e voltava para casa. Mas um dia algo aconteceu fora do planejado.

Quando eu cheguei ao armazém, vi Jeremias entrando pelos fundos, eu sempre esperava ele aparecer para trocar alguns palavras, mas era raro isso acontecer, porque ele sempre estava trabalhando e com pressa. Naquele dia, quando paguei pelos produtos, dona Maria me olhou bem no fundo dos olhos, tocou levemente minha mão e disse:

— Se prepare, querida, pois uma companhia vai vir morar com você!

Aquilo foi como um choque suave no meu coração. Eu sorri sem graça e fiquei sem entender. Depois que ela me falou aquilo, Maria continuou a conversa de antes sem parecer perceber o que tinha dito naquela hora.

A estrada era linda: feita de paralelepípedos e cercada de grandes árvores. Meu vestido florido ia levemente flutuando na brisa a cada pedalada, às vezes eu tinha que segurar meu chapéu de palha para que ele não fosse levado pelo vento.

Antes de eu entrar na estrada de terra, havia um terreno murado, porém vazio. De repente, um pequeno animal cruzou minha frente e me fez frear bruscamente, então eu caí.

Quando me levantei, vi que tinha ralado o joelho e minhas compras estavam espalhadas pelo chão. Escutei um choro de filhote e, quando olhei para trás, vi cachorrinho sentado e me olhando curioso. Era da raça Husky Siberiano, tinha pelos negros e brancos, seus olhos eram azuis e muito claros.

Eu me apaixonei por ele e não pensei duas vezes antes de colocá-lo na minha cesta, depois de dar alguns beijos no pequeno peludinho. Claro que ele podia ter um dono, mas não havia nenhuma casa próxima dali, eu não entendia como ele foi parar justamente naquele lugar. Então, pensei que ele tinha sido enviado para mim.

Minha vida mudou mais uma vez. Meu lindo Rique era mais um presente enviado por Deus, uma companhia que eu precisava. Eu dava a ele muito carinho e toda minha carência se derramava sobre ele.

O filhote ficava sempre dentro de casa. Ele se deitava na frente de Lamuriel quando este começava a ler as escrituras, e o anjo fazia um cafuné ligeiro na cabeça do animal, enquanto ministrava.

O belo leiteiro ainda aparecia. Quer dizer, o leite que eu comprava dele sempre aparecia na porta nos dias marcados. Mas, às vezes, eu passava as madrugadas estudando com Lamuriel e não conseguia mais acordar tão cedo.

Porém, numa noite fria, meu bebê Rique passou mal. Ele teve desinteria e chorava de dor. Fiquei cuidando dele até ele melhorar e orei muito. Lamuriel não estava em casa. Eu não vi a noite passar e, de repente, o sol estava nascendo.

Saí na varanda com minha xícara de café puro e percebi que Jeremias estava chegando com o leite fresco. Eu estava de roupão, com os olhos inchados e o cabelo bagunçado. Levei um susto quando vi que ele estava tão perto, pensei comigo mesma que eu nem tive tempo de me arrumar. Ele olhou para mim e disse:

— Bom dia, dona Sandra. Brigou com a escova de cabelo?

Fiquei surpresa com a brincadeira e caí na risada. Não é que além de bonito ele era bem-humorado também?

— Não. É que meu cachorro passou mal a noite toda e eu não dormi nada.

Ele deu um sorriso de lado e fez outra pergunta:

— Você tem cachorro?

Na hora eu tremi, me dei conta de que se Rique não tivesse vindo do céu, ele poderia ter um dono e Jeremias poderia conhecer esse dono. Mas não pude conter a verdade, Rique apareceu na hora e correu para fora fazer suas necessidades. Ele estava com uns três meses, mas já era grande.

Quando o cachorro passou por Jeremias, ele esboçou:

— Aí está você, amiguinho, achei que tinha sido devorado por um urso.

Quase tive um infarto naquela hora.

— Onde você conseguiu esse filhote, Sandra? — ele questionou, enquanto fazia carinho no bicho.

— Eu o encontrei na rua, em frente ao terreno baldio no começo da estrada de terra. Eu sei que foi errado, mas eu me apaixonei por ele. Parecia que ele era um presente do céu. Sabe quando Deus te dá um presente e...

Ele me interrompeu enquanto eu gagueava.

— Tudo bem, ele tem mais sete irmãos. É filhote do meu Rex e da cadela do meu amigo, Sarja. Nós doamos os irmãos dele e se você tivesse me pedido eu teria dado ele para você de qualquer maneira. Mas acho que sua atitude foi errada, ele podia ser de uma criança.

Fiquei aliviada. Meu café até esfriou na xícara.

— Eu sei, me desculpe. Você tem razão.

Fiquei muito constrangida.

— Então, posso ficar com ele?

— Claro, dá pra ver que você está cuidando bem dele. E ninguém precisa mais de companhia que você.

Eu murchei meus olhos. Não sabia se eu estava feliz por ter a guarda definitiva do Rique ou ofendida por ele me chamar de solitária. Jeremias tinha seus momentos de grosseria, ele era muito sincero e nem percebia como as palavras saíam ásperas de sua boca.

— Qual é o nome dele?

— Rique. É uma homenagem a seu pai.

Jeremias levantou do chão e tirou a grama das roupas. Sem dizer mais nada, ele foi saindo. Eu percebi que quando ele entrou no furgão secou uma lágrima discretamente. Meu bichinho ficou soltando uns gemidos olhando ele ir embora.

A chegada de Rique em minha vida trouxe mais um motivo para eu me levantar da cama de manhã. Ter alguém para cuidar era o que eu precisava. Comecei a colocar mais um item nas minhas orações, eu sempre agradecia a Deus por ele ter me dado aquele filhote. Assim, comecei um relacionamento de gratidão com Jesus e minhas orações se tornaram conversas francas e edificantes.

Eu conversava com Jesus a todo momento: quando eu estava na minha horta plantando, quando lia a Bíblia e durante meus afazeres domésticos. Perdi minha vergonha de me abrir com ele. Coloquei Cristo como uma pessoa real na minha vida, alguém com sentimentos e que me compreendia sem me julgar.

A presença de Lamuriel me ajudava a entender mais sobre a eternidade. Eu sabia que o melhor estaria por vir e com os ensinamentos dele obtive uma maturidade espiritual muito grande e aprendi muitas coisas valiosas.

Capítulo 7

RETALIAÇÃO

O mundo espiritual se revelou mais ainda para mim e agora as coisas estavam ficando quase incontroláveis. Comecei a sentir, ver e ouvir coisas que antes eu não presenciava. Por várias vezes achei que estava ficando louca, pois eram coisas surreais demais para tentar explicar.

As visitas de Lamuriel começaram a se tornar mais raras e, quando ele vinha, estava no auxílio da adoração que eu fazia e não me ensinava mais nada, nem respondia minhas perguntas. Geralmente, eu perguntava a Deus em oração e depois ele me trazia a resposta, mas nem sempre era assim.

Pensei em compartilhar minhas experiências com dona Maria, mas eu tinha pouca intimidade com ela e não queria afastar de mim a única pessoa que eu podia considerar um amiga. Além do mais, por mais que eu contasse para um cristão que eu morava com um anjo, provavelmente ele não acreditaria, isso porque as pessoas querem aprender sobre Jesus, mas também querem continuar vivendo apenas em prol do mundo físico. Então, como sempre, eu reprimi tudo que eu sentia e passava, mas um dia a resposta veio com um nome: Jeremias.

Numa madrugada fria de julho, eu me levantei para ir ao banheiro e Rique dormia aos meus pés. Acendi a luz, e apesar de ainda estar com meus olhos fechados, vi algo passando atrás de mim, como se não houvesse parede. Eu não estava dormindo, estava acordada! Era como uma sombra negra que se movimentava de um lado para o outro, lentamente. Abri meus olhos e fingi que não estava com medo, tentando ser o mais natural possível. Voltei e me ajoelhei na beira da cama, e, mesmo com o coração acelerado, comecei a orar.

Rique estava em alerta e então ouvimos batidas na janela. O cachorro começou a latir como se visse um ladrão tentando entrar, mas não era algo visível aos olhos carnais.

Nessa hora, eu percebi que precisava fazer algo, então tomei a posição de autoridade. Levantei minha mão e comecei a repreender:

— Todo espírito maligno que está tentando contra mim, saia da minha casa agora, em nome de Jesus!

No mesmo instante, o barulho de batidas cessou.

Quando olhei para Rique, ele também murchou as orelhas e lambeu os lábios. Fiquei aliviada por ter ele ao meu lado em todo momento. Meu cachorro não era apenas um animal de estimação, mas um ser vivo real com quem eu podia contar. Além de me fazer companhia, ele estava ali também para me proteger.

No dia seguinte, acordei, tomei um banho e me arrumei. Depois, desci e comecei a preparar meu café da manhã. Como de costume, peguei minha xícara e fui me sentar na cadeira de balanço da varanda (que era um grande banco pendurada por correntes) Rique foi fazer suas necessidades ali por perto.

Fiquei olhando para os pássaros que vinham ciscar no quintal. Eu estava um pouco confusa, conversando com Jesus sem usar palavras. Em minha mente, parecia que eu era a única pessoa que podia vivenciar coisas estranhas e sobrenaturais. Queria tanto contar tudo para alguém!

Assustei-me ao ouvir a buzina do carro de Jeremias. Ele pegou uma garrafa de leite de trás da caminhonete e veio sorrindo em minha direção.

— Bom dia, Sandra, você passou bem a noite?

Aquela pergunta me intrigou, pois ele nunca perguntava sobre minhas noites, apenas sobre os dias. Além do mais, ele estava sorrindo! Fiquei assustada, parecia que ele sabia de algo.

— Por que você me fez essa pergunta?

Ele me olhou confuso e disse:

— O que tem demais? Só estava sendo simpático.

— Esse é um dos problemas: você tentar ser simpático.

Ele torceu os lábios e balançou a cabeça pros lados.

— Desculpe, Jeremias, eu não quis ser grossa. É que passei uma luta espiritual essa madrugada.

Quando dei por mim, eu já tinha falado. Talvez agora ele teria certeza de que eu era louca. Mas o senhor Henrique falava muito para mim sobre o mundo espiritual, talvez o filho dele soubesse também sobre o assunto. Jeremias foi se aproximando e sentou do meu lado.

— Ah, entendi! Você está passando por retaliação.

Olhei bem para no rosto dele e ele continuou dizendo:

— Você não pode ficar trancada aqui e se esquecer que existe um campo grande de colheita e poucos ceifeiros. Você faz parte dos ceifeiros, Sandra!

Eu arregalei meus olhos e fiquei ali parada. Era tudo o que o pai dele falava para mim, praticamente as mesmas palavras.

— Não sei da sua vida, mas talvez Deus te manteve aqui por esse tempo todo porque ele queria te ensinar algo. Houve um propósito. Mas agora posso ver que você já está pronta para a obra de Deus.

O que estava acontecendo? Aquele rapaz de 30 e poucos anos parecia saber tanto sobre mim, fiquei arrepiada.

No fundo eu sabia o que estava acontecendo, ele estava sendo usado pelo Espírito Santo para me alertar sobre algo.

Talvez eu tivesse um anjo me auxiliando até ali porque não havia pessoas, mas agora as coisas estavam mudando. Fui concordando com a cabeça enquanto ele falava tudo que eu precisava ouvir.

— A salvação é individual, mas você não pode se preocupar só com ela. Deus por muitas vezes nos põe à prova para saber se realmente estamos aptos para sermos seus soldados. Muitos dizem que a salvação é de graça, mas não é verdade. A salvação vem pela Graça, mas não é de graça. A Graça vem por meio da morte e ressurreição de Cristo, ela é o direito que adquirimos para salvação. Mas para esse direito valer, precisamos ter algumas aprovações. Caso contrário, não existiria pecado, nem condenação.

Meus olhos estavam fixos em Jeremias, ele tinha herdado a sabedoria do seu pai, eu estava literalmente de queixo caído. Enquanto eu absorvia aquelas palavras, meu pensamento voou longe. Fiquei pensando no orgulho que o pastor Henrique tinha de seu filho e que provavelmente ele queria que Jeremias seguisse seus passos como pastor.

Eu lutava diariamente contra minha carne, para não ter pensamentos pecaminosos. Apesar disso, eu nunca neguei, nem a mim mesma, nem para Deus, que Jeremias me atraía muito como homem.

Às vezes eu pensava como seria se eu me casasse com ele e tivésse-mos filhos. Mas, o que realmente me fez querer ter um relacionamento com ele foi quando o vi falando da palavra de Deus com tanta autoridade e sabedoria.

Naquela hora, ele ficou ainda mais bonito. Mais uma vez tive que lutar contra pensamentos impuros que vieram à minha mente. Eu sou de carne, tenho paixões e desejos como todo ser humano, a diferença é que eu tinha aprendido a controlar meus pensamentos e não dava domínio para a minha carne.

Capítulo 8

JANE II

Jane estava pronta. Um salto bem alto, uma saia bem curta, o único par de brincos que tinha. As duas meninas a ajudaram com a maquiagem e com o cabelo. Elas eram muito atenciosas e a tratavam muito bem.

— O primeiro é o mais difícil, depois você se acostuma — disse a loira bonita.

O anuncio dela já estava no jornal, agora era só esperar alguém aparecer, e não demorou muito.

No seu primeiro dia a campainha tocou à procura de Cassandra, seu nome de trabalho. Era um homem de uns 60 anos e face simpática, tinha barba e cabelos brancos e uma saliente barriga. Ela o recebeu sorrindo e o levou até o quarto. Jane havia recebido algumas dicas, mas queria agir por conta própria, criar seu próprio estilo. A porta se fechou e eles consumaram o ato. Ali ela perdeu sua inocência e concebeu o pecado que havia gerado nos seus planos.

No final ele a pagou e eles se despediram. O velho foi o único cliente do dia.

Não houve nada de mais, aparentemente. Ela tomou um banho, pegou seu dinheiro e foi para casa no fim do dia. No bolso ela tinha muito dinheiro, era o que ela ganhava em quatro dias de trabalho como faxineira, tudo isso ganho em uma hora. Comprou o leite e o doce que seus irmãos queriam, e isso a trouxe um momento de felicidade.

Mas, quando a noite caiu e ela deitou a cabeça no travesseiro e ficou sozinha com seus pensamentos, não conseguiu evitar a culpa, as lágrimas correram pelo seu rosto. O sono foi embora e Jane sentia uma coceira em todo corpo como se estivesse suja, então ela se levantou e tomou outro banho. Ela esfregava a pele com força em meio às lágrimas, ainda sentia o cheiro do perfume daquele velho promíscuo. Ela se olhou no espelho e viu uma moça frágil, mas ao tocar em seus cabelos começou a ver que era bonita, só precisava se arrumar mais.

Seus olhos vermelhos se apertaram e pareciam demonstrar ira. A sensualidade excessiva começou a brotar sob sua pele. Um espírito de erotismo invadiu seu corpo e ela começou a se tocar. Sentiu sensações que nunca sentiu antes e se viu tomada de êxtase. Ali ela descobriu que não era a mesma, o pecado havia a transformado para sempre. Foi como uma doença que ele pegou do seu cliente e estava manifestando os primeiros sintomas.

O que havia acontecido naquele momento era que Jane tinha aberto uma brecha — um portal espiritual para a entrada de um demônio em sua vida. Esse demônio tem vários nomes, em algumas culturas é chamado de Incubo, mas nós o chamamos simplesmente de espírito maligno sexual. É o que faz pessoas desejarem ter relações sexuais fora da santidade do casamento, mulheres se tornarem promíscuas, homens cometerem adultério. Coisas que parecem normais no meio mundano, mas em sua evolução esse demônio também causa crimes sexuais.

Ele também gera prazer momentâneo e um desejo de promiscuidade e sensualidade, para enganar momentaneamente. Foi isso que Jane começou a sentir.

Uma adolescente promíscua e cheia de exageros, Jane mudou drasticamente. Estava mais bem arrumada, com roupas caras, vivia em salões de beleza, unhas sempre bem feitas e fazia muitos tratamentos estéticos caros.

Antes, ela e sua tia revezavam os dias de trabalho para cuidarem dos gêmeos, agora Jane pagava um salário para sua tia, para ela cuidar deles durante a semana toda. Ela dizia que tinha arranjado um trabalho num salão de beleza e era bem convincente nos argumentos que usava, justificava tanta vaidade.

Os meninos também estavam sendo (aparentemente) beneficiados com esse fruto do pecado. Sempre com roupas novas e de marcas caras e até ganharam peso se alimentando melhor.

Ela realizou seus pequenos desejos de comer em restaurantes caros e frequentar festas de luxo como acompanhante de homens ricos. Estava cercada por diamantes, joias caras e tecidos finos.

Muitos homens diferentes se tornaram uma rotina: jovens, velhos, gordos, magros, negros e brancos. Em um dia, ela atendia em média quatro clientes. Ela começou a ganhar muito dinheiro, mas não pensava em economizar, gastava assim como ganhava.

Apesar de estar envolvida com garotas que bebiam muito e usavam drogas, Jane nunca se envolveu com nada disso, mas desenvolveu alguns transtornos, como a bulimia: alguns dias ela comia muito, até não poder mais respirar direito, outros dias ela passava vomitando e não comia nada. Ela estava se condenando à morte a cada dia que passava, pois esse é o salário do pecado.

Apesar de usar preservativos, um dia, enquanto estava com um cliente, o preservativo rompeu. Por ser um cliente fixo e também ser um jovem e belo rapaz, ela não se preocupou.

Um ano se passou, Jane estava acostumava com a rotina, não pensava se era pecado ou não. Nunca mais foi à igreja e nem viu nenhum profeta, mas dentro dela, em um lugar bem escondido, crescia o sentimento de culpa e esse sentimento se manifestou como insônia.

Toda vez que ela se deitava para dormir, as lembranças do dia pairavam na sua mente. Então, ela preferia ficar acordada e assim se viciou em remédios para não dormir.

Logo, ela começou a se sentir mais fraca a cada dia, não tinha fome e estava sempre gripada. Depois do segundo desmaio, ficou assustada e procurou um médico, quando já não aguentava mais os sintomas esquisitos que sentia.

Numa manhã de quarta-feira, ao pegar seus exames no laboratório, Jane descobriu que estava com HIV. Ela sentou no meio fio da calçada e chorou amargamente. "E agora, quem vai cuidar dos pequenos se eu morrer? O que adiantou ter tanto dinheiro se não tenho mais saúde?". Estar doente não era pecado, mas, no caso de Sandra, foi o pecado que abriu a porta para a enfermidade entrar em sua vida.

Naquele momento de tarde, enquanto subia a ladeira em lágrimas e com dificuldade para se equilibrar no salto, ela levantou a cabeça e viu, a mesma casinha e aquela profeta (que Deus tinha usado para falar com ela) estava na janela. Elas trocaram olhares, mas não palavras. A senhora do coque parecia saber o que Jane estava vivendo.

"Vou voltar para a igreja", ela pensou. Era essa a solução. "Só Jesus pode me curar agora". E foi o que ela fez.

Começou a frequentar os cultos de domingo e logo se envolveu nos ministérios da igreja e estava sempre disposta a fazer o que lhe pedissem. Mas não parou de fazer os programas.

Jane estava sempre na igreja, na verdade ela estava procurando um profeta que pudesse a curar. Ninguém sabia o que ela fazia para ganhar a vida, achavam que Jane era manicure.

Durante o dia ela voltava para o apartamento, onde trocava carícias com estranhos por dinheiro. À noite, frequentava os cultos e às vezes até cantava no coral. Era como uma vida dupla, de dia ela era prostituta e de noite era crente.

Jane sempre levava os irmãos pequenos para a igreja, junto com sua tia, que também era evangélica. Mas sua situação começou a se agravar, apesar do tratamento que ela fazia, parecia que suas orações não eram ouvidas. E ninguém sabia da sua enfermidade.

Até que, um dia, um missionário de outra cidade, chamado Jairo, estava visitando a igreja de Jane. Por estar de carro, ele se ofereceu para levá-la para o culto, depois de saber que ela tinha dois irmãos pequenos. O missionário chegou no pé do morro e desceu do carro. Quando viu que Jane o esperava sozinha, ele perguntou:

— Onde estão seus irmãos?

— Eles foram mais cedo com minha tia. Hoje tem ensaio do ministério infantil, eu tinha me esquecido.

Quem olhava Jane não dizia que ela era uma garota de programa. Estava sempre com roupas comportadas e era muito discreta nas palavras. Mas Deus sabia o que ela fazia encoberto. E assim que ela entrou no carro, Jairo falou:

— Moça, Deus tem uma obra linda na sua vida e ele quer te usar como um lindo instrumento. Mas você precisa renunciar a esse mundo que você está vivendo. Esse milagre que você procura só chegará até você se você se entregar a Deus e abrir mão do pecado. O inimigo vai fazer ainda pior na sua vida, porque quem está permitindo ele trabalhar é você mesma!

A jovem começou a chorar e soluçar. Jairo parou o carro e começou a orar por ela. Guiado pelo Espírito Santo, ele colocou a mão no abdômen dela e começou a repreender a enfermidade. E de repente, ela abriu a porta do carro e começou a vomitar sangue.

Capítulo 9

ÊXODO

Decidi me mover em pleno inverno, sair dali e viver meu chamado. Eu já estava transbordando de conhecimento e tudo que eu queria era ensinar alguém o que eu tinha aprendido com Lamuriel, que havia meses não vinha me visitar. Acreditei ter concluído meu curso intensivo. O problema é que eu não sabia para onde deveria ir, por isso eu estava em oração com esse propósito.

Então, numa manhã rotineira, Jeremias chegou à minha casa e pedi para ele ler a Bíblia para mim. Eu reconhecia que ele tinha autoridade espiritual. Ele abriu em "Ora, o SENHOR disse a Abrão: Sai-te da tua terra, da tua parentela e da casa de teu pai, para a terra que eu te mostrarei. Genesis 12.1".

Eu sorri ao receber a confirmação de Deus.

Assim, não tive dúvidas. Aluguei minhas terras e minha casa, deixei tudo nas mãos de Jeremias, e ele aceitou de bom grado. Depois de um ano vivendo naquele mundo pequeno e fechado, eu decidi me arriscar e viver de verdade: comer, cheirar, sentir, pregar e orar, conhecer novos lugares e pessoas, fazer amigos.

Eu tinha deixado de lado a ideia fixa de querer saber sobre meu passado. Eu não precisava mais disso, eu estava feliz sendo reconstruída por Deus.

A decisão mais difícil foi deixar meu Rique. Ele era minha família, meu filhote, mas eu sabia que Jeremias cuidaria bem dele. Rique ficou com o cachorro que era pai dele, na casa de Jeremias. Nos meus planos, isso não duraria para sempre, só por alguns meses.

Muitas pessoas não gostam de animais e tudo bem para mim. Só espero que pelo menos essas pessoas não os maltratem, pois Deus criou os animais para nos servirem e termos domínio sobre eles, mas esse domínio não deve ser algo maligno, e sim uma relação de harmonia.

Aquele cachorro ajudou a salvar minha vida, Deus o mandou para evitar que eu caísse em depressão e vivesse em solidão. Pessoas podem mentir, mas os animais sempre são sinceros. Não quero dizer que eles são melhores que os humanos, mas tem muitas qualidades neles que nós deveríamos aprender.

Abri a garagem e tirei meu carro do pó. Comprei o veículo junto com a casa, foi a condição exigida pelo antigo dono do imóvel, era um Chevrolet Opala branco, ano 1968, e era todo meu. Alcides, o único mecânico da cidade, tinha feito uma revisão completa nele. Alcides também me contou a história de Frida, era assim que ele chamava o Opala que, tempos atrás, pertencera a ele. Por isso ele olhava para o carro com os olhos marejados e exprimidos de emoção.

Preparei tudo em poucos dias. Então, fui à cidade para me despedir de dona Maria e de Jeremias. Quando desci do carro, Rique veio correndo ao meu encontro, ele estava lá uma semana para se adaptar à nova família. Jeremias se aproximou de mim e me deu um beijo na testa. Dona Maria me abraçou, em seguida ela orou por mim, enquanto seu filho intercedia por aquela prece.

Meus olhos estavam ficando vermelhos, por tentarem conter as lágrimas. Olhei para Jeremias e ele estava com os olhos iguais aos meus. Então eu disse:

— Eu estou com medo. Não sei para onde devo ir.

— Não fique com medo, Sandra. Deus vai te guiar, esteja sempre em oração para você poder ouvir a voz dele. Não esqueça de ligar para nós.

— Vou sentir falta do seu jeito bruto.

— E eu vou sentir falta do seu cabelo bagunçado.

Nós dois rimos, enquanto dona Maria secava as lágrimas do rosto. Então ele me deu o abraço mais forte e mais demorado que eu já tinha recebido. Naquele momento, em frente ao armazém, eu pude sentir o cheiro dele e era um cheiro bom: um amadeirado com notas cítricas, lembrava também a canela. Meu coração pulou no peito, minhas pernas tremeram.

— Que Deus te proteja Sandra, eu vou sempre estar orando por você.

Me afastei lentamente dele com a cabeça baixa. Não queria encará-lo para não chorar. No meu interior eu queria ficar dentro daquele abraço para sempre. Então, me abaixei e peguei o meu cachorro enorme no colo, eu o beijei e ele parecia saber o que estava acontecendo, pois começou a esboçar gemidos que foram ficando mais altos. Eu tentava acalmá-lo, mas não conseguia, comecei a entrar em desespero e pensei em ficar. Chorei, mas foi um choro contido para não assustar meu pequeno grande filhote.

Quando Rique se acalmou, eu o entreguei nos braços de Jeremias. Arrumei meu casaco pesado de inverno e entrei no Opala.

Pelo retrovisor pude ver dona Maria, Jeremias e meu amado Rique, que pareciam congelados pelo frio, eles eram como uma bela pintura. Estavam me olhando ir embora, com as montanhas em suas costas e o vento que levava seus cabelos.

O choro que estava contido transbordou, chorei por alguns quilômetros. Eu pensei que aquela era a decisão mais difícil que eu teria na vida, mas foi só a primeira delas.

Capítulo 10

TALITA CUMI

Se minha vida não era normal o suficiente, a partir daí começou a ficar ainda mais estranha. Eu não tinha destino certo, não aluguei uma casa. Eu ia para onde Deus me mandava, aprendi a ser sensível à voz do Espírito Santo e era totalmente guiada por ele.

Após dirigir por um dia inteiro, cheguei onde Deus me direcionou. O Espírito Santo havia me dito que lá morava uma menina que precisava de libertação.

Eu sonhei, enquanto dormia no banco de trás do carro, com uma casinha feita de pedras. Nela havia uma pequena cama feita de galhos secos, sobre a qual estava uma menina magra, ela era pequena e tinha cabelos escuros. Então, entrou um homem de vestes brancas, que emanava uma forte luz, e disse: "Talita Cumi", e a menina, que estava morta, se levantou.

Acordei e me lembrei da passagem da Bíblia em que Jesus ressuscitava uma menina dizendo as mesmas palavras, no livro de Marcos, capítulo 5, versículo 41. Assim, eu entendi qual era minha missão naquele lugar.

Quando cheguei, vi que era uma cidade pequena e fria. As pessoas eram caladas e desconfiadas. Parei numa lanchonete e pedi o lanche especial, eu estava com muita fome. Eu me acomodei e percebi que as pessoas me olhavam estranho e em sua maioria eram idosas.

— Está de passagem, querida? — perguntou a garçonete, ao trazer meu pedido.

— Sim, estou a trabalho.

— E qual é seu trabalho?

"Que ousadia", eu pensei. A mulher começou a me encher de perguntas, enquanto todos olhavam para mim esperando as respostas. Eu não queria dizer o que eu iria fazer, pois não sabia se eles entenderiam.

Claramente havia mais de uma demônio no lugar, habitando aquelas pessoas, pude ver assim que entrei.

— Sou mensageira.

Orei em minha mente para repreender aqueles demônios. Voltei ligeiramente minhas mãos para o lanche e o enfiei na boca rapidamente, esperando que ela me deixasse comer em paz. A garçonete saiu e voltou a seu posto.

Quando terminei o lanche, eu peguei o jornal que estava em cima da mesa, no qual havia uma foto dos alunos do colégio municipal da cidade, que tinham ganhado um prêmio por reciclagem. Para minha surpresa, lá estava o rosto da menina que eu tinha visto no sonho. Eu não sabia o nome dela, mas conhecia seu rosto e, a partir daquela pista, fui até a escola municipal, onde conheci uma moça simpática chamada Elena.

Elena era a diretora da escola. Ela me levou até sua sala e fui bem sincera com ela sobre a minha missão. Os olhos dela se encheram de lágrimas, ela assoou o nariz e disse:

— Que coisa mais linda. Estou diante de uma verdadeira profeta de Deus.

— Eu sou só um instrumento. Quem faz o milagres é o Senhor Jesus!

— Sandra, antes de te passar os dados da menina, quero pedir que você ore por mim.

Ali ela me contou um pouco sobre sua vida cheia de sofrimentos e perdas. Por fora, ela parecia ser muito forte, mas por dentro era tão frágil como um belo vaso de cristal. Eu não podia imaginar o que ela havia passado.

Lemos a palavra de Deus e oramos, em seguida levantamos um clamor naquele escritório. Depois da conversa e de um forte abraço, me despedi de Elena com o endereço da menina em mãos.

Foi uma benção a diretora também ser cristã, ela entendeu meu propósito, não precisei mentir. Claro que eu pensava que teria sido mais fácil se Deus me levasse diretamente à casa da menina, mas se eu não tivesse que procurar, não teria encontrado a diretora, que desesperadamente precisava ser aconselhada. Entendi que a maneira de Jesus era sempre a melhor. Saindo de lá, fui direto para o endereço que ela me deu.

Toquei a campainha da casa e uma mulher magra, com olheiras nos olhos, abriu a porta. Ela estava usando um avental. Pensei: "E agora?

Como vou explicar a essa mulher minha missão?". O Espírito Santo logo me respondeu: "Verdade sempre! Cristo é a verdade".

Olhei para ela, pensando delicadamente nas palavras que eu iria usar e eu disse:

— Boa tarde. Sou Sandra. Vim aqui orar por sua filha.

Surpreendentemente os olhos inchados dela se encheram de lágrimas. Ela me abraçou e disse:

— Você veio, enfim você veio. Eu estava te esperando. Deus me disse que mandaria alguém para curar minha filha!

O nome dela era Ana. Enquanto ela dizia aquelas palavras meu corpo estremeceu, que responsabilidade eu tinha nas mãos. Dúvidas tentaram pairar sobre a minha cabeça, mas eu resisti a elas e decidi ser a resposta que Deus tinha para aquela mulher.

Se Deus tinha dito, para que duvidar? Eu era prova viva de que suas promessas são reais e se cumprem.

Quando entrei na casa, ela me apresentou as pessoas que estavam na sala de estar. Eram três mulheres de sua igreja, seu esposo, seu filho mais velho e um padre da região. Todos me cumprimentaram.

Ana me levou até a cozinha e me contou rapidamente que um dia amanheceu e sua filha não se levantou mais da cama. Os médicos disseram que ela estava em coma, sem nenhum motivo aparente e os exames diziam que ela estava saudável.

Eu me contive em poucas palavras, apenas disse para Ana que o problema da filha dela era de origem espiritual. Então, ela me levou até o quarto da menina. Foi ingenuidade minha pensar que Deus não tinha me dito o nome da pequena: era Talita!

Ela tinha cabelos claros e estava deitada na cama, coberta por um edredom cor de rosa. Coloquei a minha mão direita na cabeça dela. Nenhuma daquelas pessoas acreditava no que iria acontecer e nem quiseram ir ver a oração. Juntei toda a fé que havia dentro de mim e orei com autoridade:

— Talita Cumi, todo espírito de enfermidade que está sobre você saia agora, em nome Jesus!

Ana estava com os olhos fechados e as mãos postas em reverência. De repente, pudemos ouvir uma voz que ecoou fraca naquele pequeno quarto:

— Mamãe?

Eu sorri ainda com meus olhos fechados, quando os abri a menina estava olhando para mim curiosa. Ana correu aos pés da cama e começou a gritar:

— Ela acordou, ela acordou!

Todos que estavam na sala correram para ver o que tinha acontecido. Uns gritavam de alegria, outros choravam, outros se calaram, sem entender.

O pai da menina me abraçou e agradeceu. Talita se levantou e pediu comida. Ela estava em coma havia mais de dois meses.

Fui até a sala me servir de um café, que me foi oferecido pelos pais. Minhas mãos tremiam e eu mal consegui segurar o bule, eu estava cheia da presença do Espírito Santo.

O velho padre se aproximou e ficou atrás de mim. Então, começou a me encher de perguntas:

— De qual igreja você é minha filha?

— Eu sou cristã.

— Mas qual é a sua religião?

— É Cristo, eu sigo a Jesus. Mas se você quer pôr em mim um rótulo, eu posso dizer que sou protestante, ou evangélica se preferir.

Ele me olhou de cima a abaixo. Viu minha calça jeans desbotada e minha jaqueta de lona surrada pelo tempo. O padre estava curioso, ele ficou tentando entender quem eu era. Se eu era uma pastora ou missionária, perguntou quais cursos eu tinha, qual minha formação na área evangelista.

Fui respondendo com sinceridade, parecia que o velho homem estava querendo achar alguma falha em mim, mas não teve do que me acusar, já que seus próprios olhos viram o milagre que Deus operou através da minha vida.

Quando eu já estava cansada de respondê-lo, Ana e seu esposo me chamaram na cozinha. Graças a Deus, me livrei do padre bisbilhoteiro.

— Sandra, Ana e eu queremos lhe oferecer uma recompensa pelo que fez por nossa filha. Sabemos que não é muito, mas nem todo nosso dinheiro pagaria pela vida dela.

Eles me entregaram um cheque. Eu me recusei a receber, disse que não fiz nada por dinheiro, quem operou o milagre foi Deus. Mas eles insistiram para eu aceitar, então pude ouvir a voz do Espírito Santo dizendo: "Aceite a oferta, você irá usá-la para suas necessidades futuras nas próximas missões".

Fiquei com muita vergonha, mas enfim aceitei, eu não podia deixar de obedecer a voz do Espírito Santo. Ali eu aprendi que agradar a Deus às vezes é diferente de agradar aos homens. Eles pegaram meu contato e ainda me deram uma caixa de alimentos para a viagem. Então, despedi-me de todos e fui embora.

Caí novamente na estrada, fui seguindo sem destino até receber uma nova direção de Deus.

Capítulo 11

ANTONI FERRAZ

Dormi duas noites em um hotel simples, depois viajei mais 60 quilômetros. A fome me fez parar em uma lanchonete na beira da estrada, eu nem sabia o nome daquela cidade.

Estacionei o Opala e ajeitei meu cabelo antes de descer do carro. Entrei na lanchonete e me sentei ao balcão, pedi o lanche especial à moda da casa: um *cheese burger* duplo com muito queijo. Eu não resistia aos prazeres de uma boa comida gordurosa depois de fazer um grande jejum.

Quando meu prato chegou, um rapaz sentou-se ao meu lado. Eu olhei discretamente para ele. Atrás dele um lobo cinzento e enorme se deitou no chão. Esse lobo era um ser espiritual e só eu pude vê-lo.

Ele era um rapaz muito bonito, tinha cabelos castanhos e olhos verdes, estava usando uma jaqueta de couro preta, mas não parecia ser motoqueiro, nem algo do tipo. Ele percebeu que eu estava olhando e puxou conversa:

— Esse seu lanche parece ótimo. Está gostoso? Vou pedir um igual.

Eu sorri com os olhos e acenei com a cabeça, pois minha boca estava cheia. Aquele rapaz de aparentes 30 anos me transmitia uma sensação boa, apesar de aquele lobo o estar acompanhando.

— Oi, Toni, o que vai querer hoje? — perguntou a garçonete.

— O mesmo que a moça aqui. Obrigado, Mari.

Ele não parava de me olhar, eu estava constrangida, pois estava comendo um sanduíche enorme. De repente, ele me estendeu a mão.

— Sou Antoni Ferraz.

— Prazer, Sandra.

Apertamos as mãos.

— Você não é daqui, Sandra, está de passagem?

— Sim, a trabalho.

— E com o que você trabalha?

— Sou mensageira.

O pedido dele finalmente chegou. Eu queria que as pessoas parassem de me fazer perguntas, mas todo ser humano é curioso. Eu começava a aceitar que nunca me livraria das perguntas por onde fosse.

Conversamos um pouco sobre o clima e a cidade. Ele me contou que trabalhava para uma empresa de construção civil, seu papel era viajar para as cidades, onde havia construções, e se disfarçar de funcionário. Assim, podia verificar se os funcionários trabalhavam bem. Se eles estivessem relapsos, eram demitidos. Se estivessem fazendo um bom trabalho, podiam ser promovidos.

Achei que deveria ser um bom trabalho por poder viajar, mas também um pouco cruel com os funcionários da empresa.

— E você não pensa se os empregados têm família para sustentar, não fica com pena deles?

— Não posso levar para o lado pessoal, muito menos emocional. Quando os patrões criam um vínculo emocional com os funcionários, eles esquecem de avaliar seu lado profissional. Meu trabalho é itinerante assim para eu não criar nenhum laço afetivo.

Ele me explicou alguns detalhes de sua profissão peculiar. Comemos, pagamos nossas contas e em seguida saímos juntos da lanchonete.

Quando ele viu o Opala, estacionado logo à frente, começou a elogiar e explicar os detalhes da fabricação, do modelo e do ano. Mas ele não sabia que aquela joia era minha.

Eu comecei a rir descontroladamente. Ele ficou me olhando sem entender, achou que eu estava zombando dele e ficou envergonhado.

— Por que você está rindo? Eu contei alguma piada?

Eu olhei dentro de seus olhos verdes e, ainda rindo, respondi:

— Não, desculpe. Na verdade concordo com você, essa é uma máquina potente e muito desejada. Por isso tenho sorte por ter ele.

— É seu?!

— Sim.

Ele começou a rir comigo, depois pediu para ver o carro. Eu mostrei a parte interna e o motor, ele ficou fascinado, disse que tinha o sonho de ter um Opala igual ao meu, mas nunca teve condições de comprar. Percebi como eu era sortuda em ter algo que muitos queriam e almejavam em ter.

Eu refleti sobre como somos ingratos e não agradecemos o que já temos e ficamos querendo sempre mais. Seria bom se algumas pessoas perdessem a memória (como aconteceu comigo), só para elas descobrirem as coisas que já têm.

Ele me indicou um hotel onde eu ficaria bem hospedada. Antoni me contou que cresceu naquela cidade, por isso conhecia todas as pessoas que moravam lá. Depois nos despedimos, ele entrou na sua picape, ainda sendo seguido pelo lobo. Eu entrei no meu Opala e tomamos rumos diferentes.

Fiquei pensando por que ele não pediu meu telefone. Será que um dia eu o veria de novo? Mas, apesar de eu sentir um leve interesse por ele, eu estava colocando tudo nas mãos de Deus. Eu não queria deixar que a ansiedade ou pensamentos mundanos me dominassem. Era uma luta constante contra os desejos da carne e, tendo o Espírito Santo ao meu lado, eu sempre vencia essa luta.

Fui para o hotel indicado que era bem perto dali. Era um lugar bem simples, mas com um ótimo serviço e uma ótima limpeza. Tomei um banho e logo depois fui estudar a Palavra. Eu li alguns capítulos da Bíblia e cantei por algumas horas, quando percebi já era noite. Havia uma TV no quarto, mas eu nem a liguei. Eu não me desligava do foco, eu sabia que minha missão era importante para salvar almas.

A fome bateu de novo, mas dessa vez era hora de jejuar. Em oração, caí no sono, logo dormi, pois eu estava exausta. Durante a madrugada, acordei, fui ao banheiro e depois voltei a orar de joelhos.

Eu tinha muitas visões. Eu via caminhos, nomes de ruas e de pessoas, mas as mensagens estavam desconexas para mim. Eu achava que precisa buscar mais ainda para poder entender aquelas informações.

No dia seguinte, eu acordei, fiquei em jejum e ensaiei alguns louvores. À tarde entreguei meu jejum, mas minutos depois ainda me sentia fraca. Então, alguém bateu à minha porta: era Lamuriel.

— Entre, mensageiro de Deus, já estava com saudades de você.

Ele sorriu, entrou lentamente e sentou-se em uma cadeira. Fiquei feliz por vê-lo de novo. Eu estava toda orgulhosa da minha busca espiritual, esperei que ele fosse me dizer algo que me edificasse pelo meu esforço. Fiquei calada esperando ele falar, mas ele permanecia calado, então contei a ele as visões que eu tive na madrugada.

— Não posso revelar, há um tempo certo. Não estou aqui por causa das suas visões, mas por outro motivo.

Meu coração se apertou, não era qualquer pessoa da terra que tinha a honra de ser visitada por um anjo. Ainda mais saber que é um anjo, pois na maioria das vezes eles não se revelam como seres celestiais, pois parecem ser humanos.

— Você precisa viver mais.

Apertei meu olhos e fiz cara de dúvida.

— Não entendi, Lamuriel.

— Sandra, você está tão preocupada em agradar a Deus que está o desagradando. É muito linda a sua dedicação à busca e ela é necessária, mas em todo esse tempo nessa viagem, você ainda não fez nada por si mesma.

— Não entendo, eu estou orando por mim.

— Estou falando de lazer, de diversão, de socialização. Você precisa se alegrar de vez em quando, sair e passear, olhar a paisagem sem pensar no propósito disso. Você está na terra e precisa viver, em santidade é claro, mas precisa gozar do que Deus criou para você desfrutar.

Senti um desconforto em ser repreendida, mas também senti uma enorme fonte de paz invadindo minha carne.

— Se você ficar vivendo somente em função do espiritual, sua carne ficará tão fraca que você vai se sentir sobrecarregada e exausta. E em pouco tempo seu corpo e sua saúde vão perecer.

Eu abaixei a cabeça e continuei calada, ele continuou a dizer:

— Se você esquecer de viver, isso terá consequências: vai ficar deprimida e solitária. Chegará a um ponto em que sua carne vai gritar e querer tomar o domínio de seu espírito. Você precisa alimentar sua carne de coisas saudáveis e santas, mas precisa alimentá-la, pois seu corpo é um presente de Deus, um templo de Deus. Cuide bem dele.

Eu percebi que havia esquecido de como ser uma pessoa normal. Talvez eu não fosse tão comum, mas precisava ser humana para entender os outros seres humanos. Assim como Jesus, que se fez carne, viveu como homem, mas não pecou. Jesus saía, ia a festas, tinha amigos, ria e chorava.

Contei para Lamuriel como tinha sido a viagem até aquele momento e perguntei a ele o significado do lobo que vi atrás de Antoni. Ele me disse que era um demônio de solidão e que o fazia viver como um nômade, ou seja, ele não tinha paradeiro, muito menos conseguia formar uma família.

Depois que o Anjo foi embora, eu comecei a pensar em como era a vida de um lobo solitário. Ele provavelmente não era um homem fiel, agia por extintos primários e não por emoções, não aceitava se submeter à liderança de outro lobo (um Alfa).

Comecei a sentir medo de estar com Antoni, então, quando eu menos esperava, alguém bateu à minha porta novamente:

— Oi, está muito ocupada?

Era ele. O homem misterioso estava parado ali na minha frente, com um sorriso tímido e o braço direito apoiado no batente da porta. Eu tremi, não sabia o que pensar, nem como reagir.

O hotel simples tinha quartos que davam direto para as vagas dos carros, que ficavam estacionados em frente às portas. Foi fácil ele me achar, pois o Opala estava ali em frente.

— Você quer entrar? — eu disse, sem querer ter dito, apenas por educação.

— Na verdade, eu quero que você venha comigo. Quero te mostrar a cidade. Vou te dar um tempo para se arrumar. Estarei te esperando na caminhonete preta.

Ele saiu e me deixou sem direito de resposta. Eu fechei a porta e fiquei aflita, eu estava com medo, nunca tinha saído para passear com um homem, muito menos um desconhecido.

Passei uma leve maquiagem e coloquei meu vestido florido. O meu coração se aquietou quando lembrei das palavras de Lamuriel me encorajando a sair e viver. Mas como eu iria ficar à vontade com um lobo atrás dele?

Eu não parava de orar na minha mente e pedia para Deus repreender a ação daquele espírito maligno em forma de lobo. Quando eu entrei na caminhonete estava tremendo e ele percebeu.

— Está tudo bem, menina?

— Sim, sim.

— Se estiver se sentindo mal, eu levo você ao hospital. O médico que é diretor de lá era um grande amigo do meu pai e pode te atender sem esperar muito.

Fiz um gesto negativo com a cabeça enquanto sorria aflitamente. Ele ligou o carro e saiu. Percebi que todo mundo da cidade realmente o conhecia, então ele não devia ser um cara mau.

Antoni era muito simpático e falava bastante. O primeiro lugar a que ele me levou foi uma pequena praça no centro da cidade, que estava repleta de pessoas, a maioria idosos e pessoas de meia idade, e barraquinhas de comida.

Ele me levou à barraquinha de churros do seu Bastião, eram realmente deliciosos, como Antoni havia dito na propaganda que fez a mim. Sentamo-nos no banco da praça e ficamos observando as pessoas conversando. Parecia que estávamos em outra época, ninguém estava com celular nas mãos, as pessoas conversavam e interagiam. E ele ia me dizendo qual era o nome das pessoas e suas profissões. Alguns eram seus amigos de infância ou estudaram com ele, outros eram amigos de seus pais ou conhecidos das festas da igreja.

Comecei a me soltar mais, meu corpo e meu pescoço foram relaxando. Fui me abrindo e rindo das piadas dele, até tinha me esquecido um pouco da minha vida. Eu ainda estava comendo o churros quando ele me perguntou:

— E você nasceu em qual cidade?

Respondia rapidamente ao me lembrar do que estava escrito nos meus documentos. Ele percebeu meu desconforto e não prosseguiu no assunto.

De repente, um senhor se aproximou e perguntou se eu era a namorada de Antoni, minhas bochechas rosaram. Ele desconversou e perguntou ao velho senhor sobre sua família.

Enquanto eles conversavam, observei aquelas pessoas alegres com seus amigos e familiares e a alegria que eu estava sentindo pareceu sair de mim.

Percebi que eu não tinha nada daquilo, nem família e nem amigos. Ninguém além de dona Maria, Jeremias e meu Rique. Doeu a saudade deles.

Então, Antoni pegou minha mão e me levantou do banco:

— Vou te levar ao meu lugar favorito da cidade!

Entramos no carro e depois de uns minutos o caminho começou a ficar escuro e deserto. Parecia que o destino nunca iria chegar.

Ele ficou em silêncio. Eu olhava para ele, mas ele não tirava os olhos da estrada, que se tornou de terra. Estávamos no meio de grandes árvores e podíamos ouvir o barulho dos pássaros noturnos, começou a ficar mais frio.

A desconfiança começou a brotar de novo, mas como eu fazia com a maioria das minhas emoções, comecei a bloqueá-la. Eu não iria me permitir duvidar das palavras que me foram ditas por um anjo. Eu não iria dispensar algo que me faria bem, embora agora tivesse motivos.

Enfim, chegamos. Ele estacionou no canto da estrada, no começo de uma ponte velha. Ela era comprida e estreita, feita de madeira, mas com proteção de ferro dos lados. Pela sua pouca largura, passava por ela apenas um carro, mas havia uma passarela para pedestres à sua esquerda.

— Tem medo de altura? — ele perguntou, enquanto descia do carro, me encorajando a fazer o mesmo.

Fui o seguindo sobre a ponte. Ela estava muitos metros acima de um rio estreito, porém parecia ser muito fundo. O vento gelado cortava meu rosto enquanto meu coração batia acelerado. Antoni tirou sua jaqueta de couro e a colocou sobre meus ombros, depois me estendeu a mão:

— Vem, Sandra, não precisa ter medo.

Andamos até o meio da ponte. Depois, ele se sentou no lado da passarela encaixando as pernas por entre os vãos e foi me ensinando como fazer. Sentei-me do lado dele e ambos ficamos com as pernas penduradas, mas estávamos protegidos pelas grades que ficavam sobre nosso peito.

Era possível ver claramente o rio e nossos braços ficavam livres. Senti um delicioso frio na barriga, um medo que não dava medo. Ele me observou por poucos minutos, esperando que eu dissesse a primeira palavra. Parecia que estávamos voando.

— Isso é incrível! — exclamei.

A luz da Lua refletia nas águas e elas cantavam quando batiam nas pedras.

— É demais. Eu sempre vinha aqui quando estava triste. Parecia que eu podia ouvir a voz de Deus no barulho das águas. Nunca mostrei isso a ninguém.

Fui tomada de constrangimento em ter pensado mal dele. Mas também senti uma grande compaixão por sua solidão. Naquela noite, eu não vi o lobo atrás dele.

Naquele momento, eu senti vontade de conhecê-lo mais, estar mais perto, de ajudá-lo. Eu não consegui dizer nada, apenas observava o rosto simétrico dele sendo tocado pela luz da Lua. Eu procurava palavras, mas elas não vinham, decidi apenas vivenciar aquele precioso momento.

Ficamos em silêncio por um tempo, apenas vivendo, sentindo, cheirando... Quando nos demos conta, o sol estava nascendo, bem à nossa frente.

— Olha, Sandra, vai começar o espetáculo mais lindo da terra. Se você já estava encantada com a vista, observe um pouco mais.

Majestoso, o sol foi clareando a paisagem, antes mesmo de surgir por completo. Tudo foi tomando tons quentes. Enquanto ele se levantava calmamente, ia acordando a natureza que o esperava saudosa. Pássaros cantavam diferentes músicas, mas todas louvavam ao único criador daquela sublime paisagem.

As palavras que eu tanto buscava vieram, mas ficaram cativas na minha mente, até esse momento em que as coloquei num papel. Aquele momento marcou minha vida.

Como alguém podia duvidar da existência de uma mente capaz de criar tanta perfeição? De fato, a lógica não combinava comigo, ela não combina com ninguém que seja espiritual.

Depois de conhecer Antoni, as coisas mais simples ganharam notas de poesia. Comecei a ver o mundo com outros olhos, comecei a ver beleza em tudo, até no que não era belo.

Depois daquele momento tão sublime, levantamos devagar e ele me levou de novo ao hotel, não falamos mais nada durante o caminho, estávamos maravilhados, mas também com muito sono. Nós trocamos nossos números de telefone e nos despedimos com sorrisos nos rostos e um aperto de mãos.

Eu segui para outra cidade no mesmo dia e ele também.

Capítulo 12

O CORPO FRÁGIL

Eu estava aprendendo muitas coisas novas, como sentir meu lado humano e desfrutar de novas emoções.

Toda semana eu ligava para dona Maria e perguntava sobre o filho dela, sobre o Rique e a fazenda. Eu não tinha, ainda, conseguido falar com Jeremias, pois toda vez que eu ligava, Maria me dizia que ele estava ocupado ou trabalhando. Comecei a pensar que, talvez, ele estivesse evitando falar comigo.

Eu estava na estrada há alguns dias, sem paradeiro, dormindo no carro e comendo *fast foods*. Quando passava por uma igreja aberta, eu entrava e participava dos cultos, assim fui conhecendo a diversidade de doutrinas dentro do meio conhecido como protestante ou evangélico. Também conheci muitos pastores e servos de Deus, que, na maioria das vezes, me recebiam com muito amor.

Passei alguns dias sem ter nenhuma ordem direta de Deus, por isso estava pensando em voltar para casa. Eu não aguentava mais dormir no carro e os hotéis sempre estavam com o espiritual pesado, pois nesses lugares muitas pessoas cometem todo tipo de pecado. Por isso, parecia que meu corpo não descansava o suficiente, naquelas noites mal dormidas.

Eu parei em um restaurante para almoçar e me sentei em uma mesa do lado da janela. Sem querer, eu ouvi uma conversa entre a garçonete e um senhor que estava sentado atrás de mim. Ele perguntava a ela se a moça conhecia alguém de confiança para cuidar de sua casa por uma semana, enquanto ele fosse visitar sua irmã, que estava doente, em outra cidade.

O que eu estava mais querendo, naqueles dias, era dormir em uma cama de verdade e estar debaixo de um teto que não tivesse tanto peso espiritual.

Minha timidez ainda era latente, mas naquele momento senti uma forte inspiração que me guiava à mesa daquele senhor. Eu fui e o cumprimentei, me apresentei e contei a ele que eu estava em missões, fazendo a obra de Deus. Eu tive medo de causar receio, mas ele abriu um grande sorriso e apertou minha mão com satisfação.

— Que prazer conhecer uma nova serva de Deus. Meu nome é João e eu sou pastor!

— Glória a Deus, que benção!

Conversamos por mais de uma hora, trocamos nossos testemunhos e experiências que tivemos com Deus. Quando eu menos esperava, ele me deu a chave de sua casa e disse que não me cobraria aluguel. Ele confiou em mim mesmo sem me conhecer.

Era tão impressionante quando eu conhecia alguém que era cristão, eu me sentia conectada com a pessoa, como se fosse da minha família. Isso contrariava a minha solidão anterior.

O pastor João me olhava com curiosidade, parecia tentar lembrar se já me conhecia ou se eu o fazia lembrar de alguém.

Naquele domingo, peguei o endereço e segui direto para a casa do pastor, era bem perto de onde estávamos. Ele saiu do restaurante e foi direto para a casa da irmã dele.

Era uma casa grande e cheia de enfeites rústicos, bem cuidada e limpa, parecia uma casa de bonecas. Havia um zelo muito grande, mas ele era mais perceptível que visto, pois estava no espiritual daquela casa. Ali era, sem dúvidas, um verdadeiro ambiente de oração.

Peguei minha mochila e me acomodei no sofá antigo da sala. Depois eu visitei todos os cômodos da casa e observei os pequenos detalhes com admiração e respeito, era como se eu estivesse passando por um museu de antiguidades valiosas.

Vi fotos de João e de sua esposa ainda jovens, com roupas antigas e rostos serenos. Depois, vi alguns retratos, talvez de seus filhos, conforme iam crescendo, no passar dos anos. Por fim, na foto principal, no meio, estavam João, já de cabelos brancos, e dois homens adultos, provavelmente seus filhos.

Um retrato em particular me chamou a atenção. João estava mais jovem e abraçado com um homem que aparentava ter a mesma idade dele, que segurava uma menininha em seu colo. Segurei aquela foto na mão e tive a forte sensação de conhecer aquele homem, seu rosto era muito familiar.

Dormi maravilhosamente na primeira noite. No dia seguinte, eu tomei um banho quente e depois fui ao mercado da esquina, comprei frutas e legumes variados, eu queria comer algo saudável para variar.

Fiz uma deliciosa refeição e a saboreei em frente à TV de tubo colorida. Esse foi o último momento em que eu me senti bem. Caí no sono, exausta.

Durante madrugada, eu acordei com fortes dores no peito e muita falta de ar. Minha cicatriz queimava como brasa viva. Eu me levantei com dificuldade e fui até a cozinha procurar algum remédio para dor, tomei um comprimido e voltei pro sofá, em seguida eu não sei se peguei no sono novamente ou se desmaiei.

Quando eu abri meus olhos, eu mal podia me mexer por causa da imensa dor que sentia no meu peito. A TV ainda estava ligada, eu não entendia o que o telejornal dizia, as palavras não faziam sentido. Eu estava zonza e com o peito espremido, a única coisa que entendi é que era quinta-feira, ou seja, eu tinha apagado por três dias.

Entrei em desespero, mas eu não conseguia falar para pedir ajuda. Comecei a orar mentalmente e as lágrimas escorriam no meu rosto, eu senti novamente uma enorme solidão, parecia que Deus tinha me abandonado. Foi a primeira vez que senti aquela emoção, Jesus estava testando minha fé, mas aquele silêncio de Deus me afligiu tanto que eu senti que iria morrer ali sozinha.

Quando parecia que eu ia dar meu último suspiro, alguém bateu na porta. Eu estava quase que paralisada e percebi que havia urinado na minha própria roupa, então senti o cheio ruim que provinha do meu corpo. Na tentativa de me levantar, eu caí no chão, fazendo um grande barulho. Então, eu ouvi uma chave entrando na fechadura.

Era seu João. Quando me viu naquele estado, ele gritou: "Meu Deus!". Antes de apagar, eu me lembro de dizer: "O Senhor ouviu meu pedido de socorro".

O pastor voltou para casa, dois dias mais cedo do que o planejado, pois sua irmã havia falecido.

Capítulo 13

DOUTOR ERICK ALBUQUERQUE

Um som continuo ressoava do meu lado, "pi, pi, pi". Era uma máquina que dizia se meu coração ainda estava batendo. Havia um tubo com oxigênio no meu nariz e alguns fios ligados em mim.

Lentamente, minha visão foi desembaçando e entendi que eu estava num hospital. Ouvi uma voz feminina gritando: "Doutor, ela acordou!". Na mesma hora me lembrei da outra vez que acordei do coma. Mas, dessa vez, eu estava me sentindo péssima, meu corpo todo doía e eu tinha dificuldade para respirar, sentia muita fraqueza e confusão mental.

— Olá, Sandra. Como está sentindo?

Era um médico, com seu jaleco branco ele me examinou rapidamente. Ele olhava fixamente para mim, com seus olhos pequenos e negros, sobrancelhas fartas, tinha o cabelo escuro e uma barba bem cerrada, sua pele era morena clara.

— Oi —respondi, muito fraca.

— Você renasceu mais uma vez, menina.

Ele passou a mão na minha cabeça. Seu rosto me era familiar, parecia que eu já tinha o visto nos meus sonhos.

— Estou com dor no peito.

— Eu sei querida, já vai melhorar. Você está se recuperando de uma infecção, é muito comum em pacientes transplantados.

Minha mente não estava em completo raciocínio, mas eu entendi o que ele tinha falado. Agora fazia sentido aquela cicatriz enorme no meu peito.

Passaram dois dias e eu já me sentia melhor. Eu estava comendo alimentos sólidos, mas ainda me sentia fraca.

Seu João foi me visitar, mas antes que entrasse, eu o ouvi conversando com o médico na porta e eles falavam sobre mim:

— Essa é a filha do Jorginho? Achamos que ela tinha morrido no acidente, que já tem mais de dois anos. Eu não a vejo há uns dez anos, mas sabia que seu rosto me era familiar!

— Isso, seu João. Ela ficou em coma no hospital central da cidade vizinha, já me transferiram o prontuário dela. Fui eu mesmo que fiz o transplante, por incrível coincidência, eu pedi transferência para esse hospital a um ano.

Apesar de estar tão surpresa, meu coração não disparou como eu esperava, o barulho ainda mantinha a mesma intensidade lenta. Então, ambos abriram a porta e olharam para mim.

— Querida, eu sinto muito — disse João, enquanto me abraçava com lágrimas nos olhos. — Por que você não me disse quem é?

Cerrei meus olhos procurando um modo de explicar minha amnésia, mas o doutor fez isso por mim. Ele pediu para seu João sair e ter paciência comigo, visto meu estado. Logo depois, o doutor voltou e começou a esclarecer minhas dúvidas.

— Sandra, eu me chamo Erick Albuquerque, sou cirurgião cardíaco.

— É um prazer conhecê-lo, doutor. Quer dizer, acho que já nos conhecemos.

— Já, sim. Você ouviu minha conversa com o João?

— Ouvi.

— Ele é seu padrinho de batismo. Mas tinha perdido o contato com você e sua família havia dez anos.

Eu me ajeitei na cama, estava pronta para ouvir um pouco mais sobre minha história. Estranhamente, eu não sentia nada, nem medo, nem ansiedade, apenas me mantive atenta ao que ele diria a seguir.

— Antes de começar, quero saber o que você lembra depois que acordou do coma. Tinha alguma lembrança?

— Não. Eu apenas acordei, coloquei minhas roupas e achei meu caminho. Não tinha ninguém lá e ainda não tem. Quero dizer, ainda não lembro quem eu era antes do coma e sinceramente não sei se quero saber.

— Eu entendo.

Ele ajeitou o jaleco e colocou as mãos nos bolsos.

— Eu não sabia que esse coração, que bate no meu peito, não nasceu comigo.

— Quando você acordou os médicos não te disseram nada sobre a cirurgia?

— Não. Acho que eles estavam muito surpresos que eu tinha acordado. Eu pensei que essa cicatriz era de outro tipo de cirurgia, não de um transplante.

Eu estava parecendo uma moribunda: pálida, com a boca seca e os cabelos arrepiados. Eu podia ver meu reflexo no vidro da janela.

O jovem médico tomou fôlego e pensou um pouco antes de começar a falar. Ele estava visivelmente abalado com minha situação. Então Erick resumiu a história e ele sabia muito mais do que eu imaginava.

— Sandra. Seu pai se chamava Jorge, e sua mãe, Amélia, você era filha única, assim como sua mãe, já seu pai cresceu em um orfanato. Por isso você não tem outros familiares. Há um pouco mais de dois anos, vocês três estavam passando por uma rodovia quando o carro em que vocês estavam foi atingido por uma carreta descontrolada, guiada por um motorista bêbado. Seu pai, que dirigia o carro, morreu na hora. Sua mãe sofreu traumatismo craniano e ficou em estado vegetativo. Você sofreu ferimentos leves, mas devido ao acidente descobriram que estava com um problema sério no coração e que precisaria de um transplante urgente.

Por mais que eu me esforçasse, não conseguia me lembrar de nada.

— E o que aconteceu depois?

— Transferiram você para o hospital em que eu trabalhava, o mesmo em que você acordou. Eu peguei seu caso e, depois de duas semanas, fiz seu transplante, mas depois da cirurgia você entrou em estado de coma.

— Como encontraram um coração compatível tão rápido?

Erick abaixou a cabeça e coçou a barba. Ele deu alguns minutos para que eu solucionasse a questão sozinha.

— Vocês colocaram o coração de minha mãe em mim?

— Exatamente.

Minha mão foi automaticamente sobre meu peito. Eu olhei para o vazio sem saber, mais uma vez, o que pensar. Meu rosto foi inundado por lágrimas incontroláveis, que falavam por mim.

— Como sua mãe não tinha familiares vivos, nós decidimos desligar os aparelhos dela e salvar sua vida. Sei que soa um tanto cruel, mas ela estava com morte cerebral e você provavelmente não viveria mais um mês.

Eu respirei com dificuldade e senti uma forte náusea.

— Você está bem, Sandra?

— Pode me deixar sozinha, doutor?

— Claro.

Ele saiu do quarto. Eu fiquei ali, imóvel e calada. Confesso que para mim momentos de dor são mais difíceis de descrever. Minha sintonia com Deus parecia ferida, era como se nosso fio de contato estivesse quase se rompendo.

Apesar da descrição feita pelo médico, eu não tinha lembranças, apenas imagens geradas na minha mente, como qualquer pessoa tem quando ouve uma história.

Eu estava sentindo tanta dor, no meu corpo e na minha alma. Parecia estar cercada pela escuridão. De tudo que eu podia descobrir sobre meu passado, saber que minha mãe morreu para me dar a vida doeu mais que tudo. Então, orei: "Pai, Não sei nem como orar. Acho que seria melhor se eu não soubesse a verdade, mas aprendi que o Senhor é a verdade. Sei que o Senhor tem planos para minha vida e quer me usar para algo maior, mas eu não consigo mais me alegrar com isso. Eu não sei se consigo sobreviver a essa dor. Alivia essa dor, Jesus, consola meu coração, meu Pai, estou perdendo o controle das minhas emoções".

Então, ouvi dentro de mim uma voz retumbante, como quando águas caem de um alto monte, e me lembrei de Antoni, porque ele dizia que podia ouvir Deus no barulho das águas do rio. *"Então, eis que ouvi o barulho provocado por suas asas quando voavam. Faziam lembrar o rugido do mar, parecia a voz do Todo-Poderoso. Era um ruído estrondoso, como o de um grande exército em movimento"* (Ezequiel 1:24).

Fechei meus olhos, respirei devagar e o deixei falar. Era o próprio Jesus, e, apesar da sua força, ele me trazia muita paz. Aquelas palavras iam muito além de minha compreensão, depois eu entenderia mais revelações sobre aquelas palavras.

"Descansa, entregue a mim todas as suas preocupações, eu estou no controle. Grandes coisas estão por vir no seu ministério. Desde o dia do seu batismo nas águas, você também foi batizada com fogo. Há um propósito no coração. Verás outro coração e também terá nele um propósito!".

Capítulo 14

CURAS NO HOSPITAL

Passaram alguns dias e finalmente saí da UTI, me levaram para outro quarto, onde fiquei em observação.

O pastor João vinha me visitar todos os dias, pedi para ele não me contar ainda sobre meus pais e minha vida, eu queria que ele me olhasse como uma nova mulher e contei como renasci depois do coma. Dessa forma, nossas conversas eram baseadas na Palavra de Deus e nas experiências que havíamos tido com Jesus, nós também cantávamos hinos da *Harpa cristã* (um livrinho de hinos antigos usado mais comumente em igrejas tradicionais) e falávamos sobre o hospital.

Eu sentia que João tinha enorme carinho e cuidado por mim, sempre me levava comida e perguntava como eu me sentia. Ele era realmente um padrinho, pois quando nasci meus pais eram católicos.

Havia, também, uma enfermeira muito atenciosa que se destacava das demais. Ela estava sempre sorrindo e cantarolando algum hino da harpa, sua pele negra tinha um brilho diferente vindo de Deus e sua presença me trazia paz, seu nome era Elza.

Elza e eu não conversamos além do necessário, mas, numa manhã, eu estava deitada na cama, assustada, olhando para o nada, por conta do sonho que eu tinha tido, e ela entrou no meu quarto, poucos minutos depois, e disse:

— Se Deus mandou você fazer é porque você consegue, menina. Pare de fazer corpo mole!

Eu me ajeitei na cama e fiquei com os olhos estalados olhando para ela. Ficamos nos encarando por alguns segundos até que eu quebrei o silêncio:

— Pensei que eu podia esperar até ficar melhor.

— Ficar melhor? Você está ótima. Levanta dessa cama que eu te mostro gente que realmente está mal.

Por alguns segundos, procurei diversas desculpas para dar, mas me rendi para obedecer.

— Elza, você pode me ajudar?

— Claro, querida, estou aqui para isso. Eu posso te levar para qualquer ala desse hospital, sem restrições. Mas Deus disse para você onde deve ir? Ou temos que apenas ir e Ele falará no caminho, como fez com Abraão?

Fui me levantando da cama lentamente, enquanto ela me apoiava pelo braço, devagar eu fui alongando meus músculos. Para ser sincera, eu não me sentia bem. Meu peito ainda doía e a falta de ar vinha e voltava, me fazendo tossir de vez e em quando.

— Sei onde devo ir.

— Não quer tomar seu café da manhã primeiro? Eu trouxe para você.

— Não, obrigada, quero vê-la em jejum. Me leve até Elvira.

Elza ficou imóvel e revirou os olhos, como se estivesse procurando algo. Eu tinha certeza do que o Espírito Santo me disse, mas a feição dela me fez questioná-la:

— O que foi, Elza?

— Deus disse para você o nome dela?

— Disse, sim, por quê?

— Essa paciente está na Ala B.

— E qual o problema? Você disse que poderia me levar onde eu precisasse.

— E eu posso. É que a Ala B é destinada a pacientes em fase terminal.

Apesar de aquela mulher ser Cristã, ainda lhe faltava um pouco de fé. Eu via isso na maioria das pessoas que encontrava. Mas não julguei Elza, pois todo ser humano tem seus momentos de fraqueza na fé.

— Eu trabalho aqui há cinco anos e nunca vi ninguém sair com vida depois de entrar naquela ala.

— Pois se seu problema é falta de fé, Elza, não só aquela mulher será curada hoje, mas você também.

Naquele momento ela tremeu, senti que seus olhos não podiam mais fixar em mim. O que ela estava sentindo era um temor muito grande de Deus e um respeito por mim, como profeta.

Saímos do quarto. Do lado esquerdo eu arrastava um suporte com soro que entrava nas minhas veias, Elza ia me amparando do outro lado.

Nós passávamos por pacientes e funcionários, que pareciam não estar nos vendo, era como se fôssemos invisíveis. Elza estava disposta a assumir qualquer risco, mas Deus estava nos escondendo.

Enquanto eu caminhava a passos lentos, ia observando os pacientes pelas portas que estavam abertas. Conforme entrávamos em outras alas, ficava visível que as pessoas iam piorando de situação.

Além de sentir, eu comecei a ver anjos e demônios, que passeavam pelo local. Minha vontade era sair curando cada um que alcançava meus olhos, mas não funciona dessa maneira.

O dom da cura funciona apenas quando Deus dá a ordem, pois existem enfermidades que são permitidas pelo próprio Deus, pois ele tem diferentes propósitos em cada vida: uns serão curados e testemunharão o poder de Deus, outros terão a chance de se converter dos seus maus caminhos antes da morte, por exemplo. Aprendi esse ensinamento com a Bíblia. E eu estava ali para ser um instrumento, não uma celebridade.

Chegamos, enfim, à Ala da Morte, como os enfermeiros diziam. O local era nitidamente mais escuro e obscuro. O cheiro era forte, uma mistura de enxofre, formol e produtos de limpeza. Se houvesse um som que descrevesse o inferno, seria aquele. Gemidos graves e agudos tomavam o local, também havia pigarros, gritos e choros.

A coisa mais estranha que vi foi o Espírito da Morte. Ele estava bem no meio da Ala, era um homem muito alto (uns três metros de altura), estava com uma capa preta, que cobria todo seu corpo, seu rosto era uma caveira ressecada. Envolta dele, havia serem menores (semelhantes a ele), que entravam e saíam dos quartos muito rápido. A Morte percebeu minha presença e me encarou, porém não interferiu em nada e eu não senti nem um pingo de medo, apenas estranheza.

Naquele cenário triste, algo me fez crer ainda mais na proteção de Deus pelos seus ungidos. Num lugar dominado por ceifeiros de almas, vi, em duas portas, a presença de anjos, que não deixavam os espíritos menores entrarem. Uma dessas portas era do quarto de Elvira, onde entramos.

Era uma senhora frágil, estava inchada e não cheirava nada bem. Já não estava ligada a nenhum aparelho, apenas dormia e respirava ofegante, fazendo um barulho que me inquietava a alma.

Qualquer um em minha posição teria suas dúvidas, comigo não foi diferente. Quando viu a minha reação, Elza olhou para mim e fez uma expressão que dizia: "Eu te avisei!".

Elvira já tinha sido abandonada pela família, que só esperava a ligação do hospital para vir preparar seu corpo. O laudo médico dizia que ela deveria ter falecido no dia anterior, mas a mulher estava ali, resistindo como se tivesse esperando por um milagre. Pensei comigo: "Pelo menos ela está viva ainda".

Elza se encostou na parece e começou a interceder. Eu não sabia o que fazer naquela hora, iniciei ali uma oração sincera a Deus:

"Senhor, Pai. Eis-me aqui para fazer a tua vontade. O que devo fazer agora meu Deus?".

No mesmo instante, me lembrei da oração que Moisés fez diante do Mar Vermelho para atravessar o povo de Israel, mas apenas pensei dentro de mim. De repente, Elza começou a falar em línguas estranhas, ela batia algumas palmas vez ou outra, eu estava sentada numa cadeira do lado do leito de Elvira quando a enfermeira olhou para mim e disse:

— Por que clamas a mim? Toque nessas águas!

Era Deus falando! Eu fui tomada de um temor tão grande, mas tão grande, que respirei profundamente e senti depois de muito tempo o ar invadir por completo meus pulmões, sem sentir nenhuma dor. Em questão de poucos piscares de olhos, levantei rapidamente da cadeira e coloquei a mão na cabeça da pobre moribunda. Eu ordenei com fé e autoridade:

— Câncer, saia agora da Elvira, eu te ordeno em nome de Jesus! E que todo órgão que foi danificado seja restaurado agora, eu ordeno no nome de Jesus!

Elza dançava e cantava um hino. No mesmo momento em que as palavras foram ditas, Elvira começou a tossir baixinho. Eu tirei a mão da cabeça dela, a tosse foi aumentando até que ela abriu os olhos.

Olhei para a porta e vi o anjo se aproximar do leito, ele ficou observando enquanto ela ia se ajeitando na cama. Elza foi até o corredor e gritou, chamando duas enfermeiras para presenciar o fato. Nós ficamos observando enquanto Elvira tossia sem interferir e de repente ela tossiu tão forte que expeliu uma bola marrom e gosmenta do tamanho de uma laranja. Era o câncer!

— Meu Deus, o que é isso?! — elas exclamavam.

Elvira foi tomando consciência e percebeu nossa presença. Diante de nossos olhos ela foi desinchando e sua aparência, antes cadavérica, deu lugar a um rosto vívido e corado. A jovem senhora de 57 anos estava agora curada!

Uma das enfermeiras, que não acreditava em Deus, se ajoelhou no chão e gritou: "Deus existe! Deus existe!".

Senti uma leve tontura e me sentei rapidamente na cadeira. Depois de alguns minutos pedi para Elza me levar de novo ao meu quarto. Eu não consegui falar com Elvira, pois muitos curiosos e médicos a cercaram rapidamente.

Eu pedi para Elza não contar nada para ninguém, eu não queria que as pessoas viessem atrás de mim pedindo por cura, já que eu sabia que a maioria não seria curada dessa forma. Como eu disse, há propósitos diferentes para cada um. Eu não queria glória, fui apenas o instrumento, o músico foi Jesus.

Meu padrinho comprou alguns mantimentos e levou para mim, mas eu não contei para ele sobre o milagre. Mesmo assim, a notícia se espalhou pelo hospital.

Quando a noite chegou e o cirurgião cardíaco Dr. Erick, foi me ver. Ele me examinou e disse que no dia seguinte eu teria alta.

— Você progrediu muito, Sandra, vejo que está bem melhor. Agora você precisa tomar seus remédios corretamente.

— Que bom, doutor, quero voltar logo para minha casa, meus amigos e meu cachorro. Toda vez que ligo para eles e eles me perguntam quando vou voltar, eu nunca sei o que responder.

— Logo você poderá voltar para sua casa e seus amigos. Mas talvez você precise fazer mais alguns milagres antes de voltar.

— O quê? — olhei para ele com estranheza.

— Eu sei o que você e Elza fizeram, Sandra. Eu vi pelas câmeras de segurança do corredor, já que estávamos buscando uma explicação para o que aconteceu com a senhora Elvira. A propósito, ela está em observação na Ala C, faremos mais alguns exames para ter certeza, mas acho que realmente ela foi curada de um câncer de fase terminal.

Fiquei calada, como uma criança quando desobedece aos pais. Erick começou a rir.

— Ouviu o que eu acabei de disser? Se tivesse outro médico aqui, ele riria comigo. Isso é algo impossível, Sandra!

Fiquei em dúvida se ele estava sendo irônico ou só estava feliz por Elvira.

— Por que está rindo, doutor? Por que você disse que eu sou profeta?

— Sandra, eu acho que esse não é o melhor momento para falarmos sobre isso. Quando você sair daqui, eu quero que você separe um tempo para me esclarecer algumas dúvidas sobre Deus. Mas eu sei que você é profeta, porque seu padrinho sempre fala isso, e agora tive provas.

Eu não tinha ainda noção da dimensão que a cura de Elvira tinha tomado. O milagre tinha alcançado não só ela, mas as pessoas ao seu redor.

O dia da minha alta finalmente chegou, eu ainda me sentia enjoada, mas queria sair logo daquele lugar. Coloquei as roupas que meu padrinho tinha me levado e quando eu estava pronta para sair, uma enfermeira (conhecida por ser antipática) entrou e me ajudou a ficar de pé. Ninguém no hospital gostava daquela mulher, principalmente as outras enfermeiras, eu não me lembro o nome dela, mas lembro que era muito bonita, mas eu nunca a tinha visto sorrir, nem falar coisas que não fossem ligadas ao seu trabalho.

Eu agradeci olhando-a no rosto, e quando olhei dentro dos seus olhos, pude penetrar em um pedacinho de sua alma. Eu vi muita mágoa, solidão e também desespero, vi o sonho que ela tinha desde criança e que a medicina disse que ela nunca poderia realizar.

— Você está bem, Sandra? — ela perguntou quando abaixei rapidamente a cabeça e me apoiei em sua mão direita.

— Estou, e você também vai ficar.

Coloquei minha mão sobre o ventre dela e não precisei dizer nenhuma palavra. A mulher soltou um leve gemido e assim que tirei minha mão, ela me olhou e soltou um largo sorriso.

Meu padrinho chegou e me acomodou na cadeira de rodas. A enfermeira ainda me olhava sorridente.

O que as palavras, que não foram ditas, queriam expressar era que aquela enfermeira séria tinha o sonho de ser mãe. E no momento em que Deus revelou o motivo de sua amargura, também entregou a ela a renovação de seu útero, que era estéril. Eu não precisei dizer, ela mesma sentiu o milagre e sabia o que tinha acontecido.

Fui aprendendo que milagres não têm receita, não são como um bolo que necessita de determinados ingredientes, ou um certo tempo de forno. O Espírito Santo só pede entrega. Depois disso, é simplesmente ter santidade e buscar ouvir sua voz e seu direcionamento. É assim que faço até hoje.

Quando eu cheguei no estacionamento e estava para entrar no carro, ouvi o doutor Erick gritando meu nome:

— Espere, Sandra.

— O que foi, doutor, esqueci de algo?

— Não, eu que esqueci. Você pode orar por mim?

Levantei-me da cadeira de rodas, que na verdade não era necessária, apesar da minha fraqueza física. Naquele instante, me senti uma pessoa honrada, porque eu via os médicos como pessoas superiores, ricas e inatingíveis. Mas quem estava diante de mim, com sede de Deus, era apenas um homem de carne e osso, igual a qualquer outro.

— Doutor, por que você quer que eu ore por você?

— Me chame de Erick. Não quero pedir nada em específico, apenas ore.

— Tem certeza?

— Sim, Sandra. Eu quero sentir Deus, ouvir Deus. Há muito tempo eu não falo com Ele.

Meu padrinho se aproximou e começou a interceder. Coloquei minhas mãos sobre as de Erick e comecei a clamar: "Senhor, está aqui seu filho Erick, ele quer ouvir sua voz e sentir sua presença. Senhor ele crê em Ti, sabe que tudo podes fazer, então meu Pai entra agora no coração dele, entra onde ninguém mais consegui entrar...".

Percebi que ele estava tremendo. Quando eu pedi para Deus sondar o coração dele, o médico começou a chorar. Continuei orando e fazendo o mesmo pedido. De repente, o jovem doutor caiu de joelhos, com seu jaleco branco. Ele não dizia nada, apenas chorava como uma criança.

Então, eu e o pastor João começamos a cantar: "Por que Ele vive, posso crer no amanhã, por que Ele vive, temor não há...".

Algumas pessoas que passavam ficavam olhando com estranheza, mas não pararam para tentar entender o que estava acontecendo. O que tinha acontecido com Erick era muito mais profundo e difícil de entender do que a cura de um tumor, ou um ventre restaurado pronto para gerar. Ele tinha ouvido a voz de Deus e sentido seu amor, isso não podia ser mensurado em palavras.

Um relâmpago estourou no horizonte e logo em seguida a chuva fria começou a cair com força. Erick olhou para cima e abriu os braços em sinal de rendição. Foi uma das cenas mais bonitas, de entrega a Deus, que eu já vi até o dia de hoje.

Capítulo 15

VOLTANDO PARA CASA

Fechei o último botão da minha camisa xadrez, tirei meus óculos escuros de aviador e retoquei o batom, no retrovisor do meu Opala. Eu estava com saudade de dirigi-lo, até mesmo de entrar dentro dele. Eu estava me sentindo bonita, depois de passar pelo salão de beleza e dar um trato no meu cabelo e nas minhas unhas, eu estava precisando de um cuidado a mais. Minha pele estava pálida, mas logo isso mudaria com os raios do sol tocando meu rosto.

Dei a partida, acelerei em ponto morto e ouvi novamente o motor pulsar, parecia que o carro me dizia que também estava com saudades. Engatei a primeira marcha, ajeitei o retrovisor e cai novamente na estrada. Que sensação maravilhosa, eu estava viva! Quando liguei o rádio na minha estação favorita, estava tocando uma música que falava sobre Lázaro e como ele saiu do sepulcro. Era a história da minha vida.

A essa altura, eu ainda não tinha recuperado nenhuma memória, apenas tinha sonhos do acidente, mas não sabia se eram memórias ou apenas projeções de como eu imaginava aquela cena dolorosa.

O pastor João atendeu meu pedido e não tocava no assunto. Eu fiquei hospedada na casa dele até me recuperar por completo. No total, eu fiquei 421 dias naquela jornada de fé e milagres.

Fui dirigindo prazerosamente, às vezes rápida, às vezes lenta, só observando a paisagem e saboreando o ar puro das árvores que me cercavam pelo caminho. Fiz poucas paradas, apenas as necessárias, pois eu queria chegar logo em casa e ao amor do meu Rique. Comi em alguns restaurantes, dormi em dois hotéis e outras noites no banco de trás do Opala. Foram cinco dias de viagem, em que eu entrava nos lugares muda e saía calada. Eu não queria estender a conversa, não queria falar ou orar por ninguém, não queria resolver nenhum problema, só queria chegar em casa.

Parece egoísmo meu, mas Deus sabia que eu precisava de repouso. Ele não me deu nenhuma revelação ao longo do caminho, mas eu sentia sua presença no vento que me tocava e no som dos louvores que eu cantava.

Quando eu me lembrava dos milagres que vivenciei, ao mesmo tempo que minha fé se fortalecia eu também me sentia constrangida por ter atraído toda aquela atenção. Eu não queria que as pessoas me idolatrassem, esse era meu medo.

Quando enfim cheguei à minha pequena cidade, eu estava exausta. Fui direto para casa, eu planejava tomar um banho para depois ir buscar meu Rique na casa de Jeremias. Eu estava com medo de que meu cachorro não me conhecesse mais, depois de tanto tempo.

Mas quando cheguei lá, vi que as luzes estavam acesas, então lembrei que eu tinha deixado Jeremias encarregado de vigiar a casa, talvez fosse ele. Parei o carro e quando deliguei o motor ouvi uma música tocando, era um louvor animado e estava bem audível do lado de fora.

Comecei a caminhar para a janela e ouvi os latidos de Rique, ele estava com o voz mais grave, mas eram latidos de carinho. Quando me aproximei, vi, através do vidro, Jeremias brincando com um bebê muito pequeno. A criança ria quando era erguida para o alto, Rique estava ao redor deles pulando e latindo. De repente surgiu uma bela mulher, ela estava com uma bandeja de biscoitos nas mãos. Não tive dúvidas, eram definitivamente uma família.

Meu coração disparou, meus olhos corriam rapidamente para cada detalhe na sala. Eles estavam tão felizes. Parecia que eu nunca tinha existido, parecia que nunca sentiram minha falta.

Saí cambaleando por entre os arbustos, voltei atordoada para o carro. Nessa hora, percebi o que meu coração sentia por Jeremias. Respirei fundo e devagar, liguei o carro e fui para a casa de dona Maria.

Maria abriu a porta e viu que eu não estava bem. Ela me abraçou, parecia que ela já sabia de tudo, mesmo sem eu precisar dizer nenhuma palavra.

Entrei na casa dela e me sentei na poltrona verde (que era usada por seu Henrique). Eu não estava chorando, mas ficava olhando pro vazio sem conseguir fixar meus olhos em nada.

—Calma, querida. Vou te explicar tudo o que aconteceu no período em que você esteve fora.

Me acomodei, enquanto tomava o copo de água que descia rasgando por minha garganta.

— Quando você foi viajar, Jeremias ficou muito confuso. Ele cuidou de suas terras e do Rique como se fossem dele. Mas ele estava tão triste que não parecia mais o mesmo.

O cãozinho chorava dia e noite, até o levamos ao veterinário, mas ele disse que o bichinho estava somente sentindo falta da dona.

Dia após dia, vi meu filho piorar. Ele começou a ir com menos frequência para a igreja e eu não o vi mais orar na madrugada. Meu coração de mãe me dizia que algo estava errado.

Numa noite, cheguei da igreja e fui atender o telefone; era você, Sandra. Eu não quis te contar para não te preocupar, mas eu quase não via mais meu filho em casa, só no armazém no horário de trabalho. Eu não sabia o que ele fazia todas as noites, mas eu descobri, depois, somente quando ele me contou.

Jeremias ficou muito perturbado depois que o pai morreu, mas quando você foi viajar ele piorou. Ia todas as noites para o penhasco da cidade e ficava sentado lá, tomando coragem para dar fim *à* própria vida. Ele estava com depressão. Meu filho me contou que além de tudo isso, ele sentia uma forte pressão em saber que tinha que continuar a cuidar da igreja e do ministério que seu pai deixou, ele não se sentia digno de ser um pastor.

Numa noite de sexta-feira, depois do culto, ele se sentou nesta mesma poltrona em que você está e em meio a lágrimas ele abriu o coração para mim. Ele me contou sobre o penhasco, sobre a saudade que sentia do pai, a pressão de continuar o ministério e o amor que sentia por você. Fazia semanas que você não dava notícias e ele acreditou que você não voltaria mais.

Eu tentei acalmá-lo, mas não adiantou, e ele saiu correndo em meio *à* forte tempestade. Eu caí de joelhos e comecei a clamar para meu Jesus salvar a vida do meu filho e curá-lo daquela tristeza.

Sem saber como lidar com a dor, ele começou a gritar, não eram palavras, apenas sons de dor. Perto do penhasco havia uma casa, onde morava uma moça chamada Julia. Essa moça foi namorada do Jeremias no tempo da escola.

Julia ouviu os gritos da casa dela e correu para ver o que estava acontecendo.

E assim, de maneira resumida, eles reataram o namoro. Em dois meses eles se casaram e logo ela engravidou de um lindo menininho, que se chama Henrique Neto. Além disso, Jeremias terminou sua formação e em breve assumirá o cargo de pastor-auxiliar da nossa igreja.

Lágrimas inundaram o meu rosto, elas nasciam quentes e depois escorriam geladas. Eu não sabia se estava tomada de dor ou de felicidade por Jeremias. Os sentimentos dentro de mim se misturavam como águas que desaguam no mar. Dona Maria me consolava e beijava minhas mãos, dizendo:

— Sinto muito, querida, sinto muito.

Foi tão difícil para mim saber que ele me amava. O tempo que não liguei foi o período que fiquei no hospital. Se eu soubesse dos sentimentos dele, se eu não tivesse ido. Se, se, se.

Quando me acalmei, pedi para Maria uma folha em branco e uma caneta, comecei a redigir uma carta para Jeremias.

Na carta eu dizia que ele podia ficar morando na minha casa com sua família, enquanto administrasse as minhas terras. Pedi também que ele separasse meus bens pessoais e enviasse para o endereço do meu padrinho e que continuasse cuidando do Rique. E desejei que fosse muito feliz.

Capítulo 16

PENSANDO EM DESISTIR

Novamente me vi sem casa, sem um lugar para chamar de meu. Comecei a focar meu pensamento na palavra de Deus, que diz:

"E sabemos que todas as coisas contribuem juntamente para o bem daqueles que amam a Deus, daqueles que são chamados segundo o seu propósito" (Romanos 8:28).

Essa passagem me dava forças para continuar.

Eu fiquei com minha mente bagunçada e depois de passar a noite na casa de dona Maria, voltei para a estrada.

Eu estava tão cansada, não só fisicamente, mas cansada de não ter um lugar para descansar, um lugar que não tivesse preocupações. O stress começou a dominar o meu corpo, ele vinha em forma de cansaço e muita tristeza.

Toda aquela situação, toda minha vida recente, começou a deixar de fazer sentido para mim. Dentro de mim comecei a fazer questionamentos: "Por que eu não posso ter uma vida normal, casar e ter filhos? Por que tenho que estar sempre sozinha? Por que Deus me escolheu para não ter paradeiro?".

Encostei meu Opala em baixo de uma árvore, na beira da estrada deserta de asfalto. Saí do carro e me sentei levemente no capô, fiquei observando a paisagem a minha frente, repleta de árvores que sumiam no horizonte.

Começou a ficar difícil conter meu desespero, eu estava com os braços cruzados no peito. Pensei que aquele seria um ótimo momento para aparecer um anjo e me tocar tirando de mim toda a dor, mas Deus não age como esperamos, Ele age de maneiras inimagináveis.

Eu sentia que estava à beira de explodir, eu estava com medo de ter outra crise, como tive quando Lamuriel me curou.

Fiquei observando o pôr do sol e me lembrei do momento que passei com Antoni, ao vê-lo nascer. Mas, agora, parecia que o sol estava se afundando na escuridão, levando com ele minha felicidade.

Quando eu ia ceder à crise, meu celular tocou dentro do carro. Eu estranhei, pois poucas pessoas tinham meu número.

— Alô.

— Oi, San, faz tempo que estou tentando falar com você. Como está, menina?

Meu coração disparou, um sorriso pulou dos meus lábios, enquanto minha mão livre pousou sobre meu coração. Era Antoni, o belo e misterioso homem que me visitava em meus sonhos. Senti uma nova esperança em viver, senti que ele podia ser minha resposta, meu sol nascente.

— Estou bem, Antoni. Passei por muita coisa desde que nos vimos, mas é uma longa história, melhor contá-la pessoalmente.

— Tá bom, eu vou te encontrar. Onde você está?

Sentei no banco do carro e expliquei para ele minha localização, incrivelmente ele estava a poucos quilômetros dali. Ele me pediu para esperar ali, então me recostei no banco e achei algo para comer.

Fui me aconchegando no banco e adormeci. Eu não tinha medo de dormir no meu carro, eu dormia em qualquer lugar que estacionasse, pois eu sabia que o Senhor estava me guardando. Claro que eu não usava disso para arriscar minha vida, mas tinha sabedoria nas minhas decisões e dormir no carro se tornou uma necessidade.

Acordei com alguém tocando no vidro da minha porta. Esfreguei meus olhos, ajeitei meu cabelo e abri a porta. Antoni estava na minha frente com um enorme sorriso e um pouco sem graça.

— Oi — ele disse ao abrir os braços.

Eu pulei no abraço e ficamos abraçados por mais tempo que o normal. Senti o cheiro dele e não queria mais soltar, me senti segura naquele momento. A dor que eu sentia tinha corrido em meio a tanta alegria. Era engraçado, pois só tínhamos nos visto uma vez, mesmo assim tínhamos uma ligação muito forte, como se já nos conhecêssemos á anos.

— Menina, me parece que você não está tão bem.

Ele colocou as mãos no meu rosto e beijou minha testa.

— Lindo esse lugar. Podemos passa a noite aqui.

Antoni foi até a caminhonete e me mostrou uma barraca de acampar. Nós estacionamos os carros mais adentro da mata e na clareira armamos a barraca juntos. A lua estava crescente, era enorme e muito clara.

Enquanto ajeitávamos tudo, fui contando para ele o que eu tinha passado: minha passagem pelo hospital e os milagres que Deus fez. Ele só me ouvia sem interromper, concordando com a cabeça, e no rosto ele tinha um olhar de admiração.

Até que cheguei na última parte da jornada (em que eu estava novamente sem casa). Mas em toda a história não revelei a ele meus sentimentos, apenas os fatos.

Pegamos gravetos secos e ele me ensinou a acender a fogueira. Sentamos em volta dela e unimos os alimentos que tínhamos nos carros. Fomos comendo e só nessa hora ele começou a falar o que pensava.

— Caramba, San, você é uma profeta de Deus! Olha por tudo que você passou e ainda assim está viva, aqui na minha frente. Sem contar os milagres que Deus fez usando suas mãos. Eu queria tanto ter essa intimidade com Deus, eu queria ouvi-lo falar comigo, mas sou um homem muito cheio de pecados. O pior é que eu não me imagino vivendo outra vida. Para começar, teria que largar meu emprego, e eu não sei fazer outra coisa.

Então, eu me lembrei da história de Jane e contei para ele.

Capítulo 17

JANE III

Com os exames na mão, Jane constatou sua cura definitiva do vírus HIV, algo impossível para o homem, mas não para Deus.

Ela se entregou ao evangelho e parou de fazer programas. Os irmãos da igreja a indicavam para fazer faxinas por diárias e assim ela foi vivendo.

Não havia mais tanto luxo, mas não faltava comida na mesa.

Leda começou a se frustrar, pois teve que voltar ao trabalho. Ela não entendia por que a sobrinha tinha largado de um emprego que ganhava tão bem, por isso ela começou a maltratar os gêmeos.

No começo, Leda batia nos meninos sem motivo. Depois começou a negar comida para eles e logo começou a torturá-los, com queimaduras de cigarro e até marteladas nos dedos dos pés.

Os meninos não contavam os abusos que sofriam para a irmã, devido às ameaças que recebiam da tia, que não ia mais à igreja.

Mas um dia, quando Jane foi dar banho nos meninos, ela viu as queimaduras e hematomas que eles tentavam esconder. Jane se viu de mãos atadas, pois não podia se mudar e pagar o aluguel sozinha, então, para defender os meninos, ela brigava com a tia todos os dias e não os deixava sozinhos com ela.

O tempo foi passando e os gêmeos estavam crescidos, já com 15 anos. Eles foram criados num ambiente de guerra, dentro e fora de casa. Por não suportarem a tia, aprenderam a se virar nas ruas da favela e logo se envolveram com todo tipo de crime.

Com frequência, Jane castigava os dois quando encontrava objetos que provinham de roubo, ou até mesmo drogas. Mas apesar da pouca idade, eles tinham o porte de homens adultos e resistiam à disciplina. Logo, os gêmeos pararam de frequentar a igreja e não obedeciam mais a irmã.

Jane não entendia o porquê de tanto sofrimento. Ela via as amigas comprando roupas novas, até mesmo as irmãs da igreja sempre tinham um sapato mais bonito que o dela e ela mal tinha dinheiro para pagar as contas básicas do mês. Seus irmãos estavam envolvidos com o crime e sua tia era uma pessoa briguenta que escondia comida e estava sempre gritando.

Ela questionava a Deus todos os dias, ela estava se esforçando para fazer as coisas certas, durante aqueles anos que esteve fora da prostituição.

O inimigo sabia qual era o estopim que a levava a pecar e de novo, ele armou uma cilada.

Quando Jane chegou em casa, depois do culto, viu seus irmãos vendendo drogas na esquina de sua casa. Ela se enfureceu e tentou estapeá-los, mas eles eram mais fortes que ela e não obedeceram.

Depois de descobrir que seus meninos inocentes se tornaram traficantes temidos, chegou aos ouvidos dela que eles consumiram as drogas que deveriam vender e estavam jurados de morte pelos fornecedores.

Quando ouviu aquilo, Jane não soube orar. Ela não pediu para Deus livrar seus irmãos, mas ela orou para Deus preparar o dinheiro para pagar os traficantes.

Ela lutava dia após dia, para não pensar em voltar para o pecado. Mas a cada amanhecer, a moça planejava em como voltaria e como seria por pouco tempo. Aos poucos, ela foi cedendo aquele pensamento.

Era só fechar seus olhos e logo ela se lembrava dos clientes que se tornaram íntimos. Antes essas lembranças causavam remorso, agora elas vinham como uma solução para seu problema.

Assim, Jane foi alimentando o pecado na sua mente, e com poucos minutos de pensamento por dia, o pecado ganhou força e cresceu dentro dela, da mesma forma que um músculo cresce no corpo ao ser estimulado pelo levantamento de peso.

Até que o pecado ficou tão forte que teve força para levá-la a agir. Ela mesma foi atrás de um antigo cliente.

Jane caiu. Não foi quando se encontrou com o empresário que dava tudo que ela queria, ou quando se restringiu a atender apenas os antigos e fiéis clientes, mas quando ela começou a alimentar o pecado.

A primeira coisa que ela fez com o dinheiro que juntou foi dá-lo para os gêmeos, para que eles pagassem a dívida das drogas.

Cheia de culpa, ela tinha tanta vergonha do que estava fazendo que parou de frequentar a igreja.

O plano seguinte era comprar um apartamento para tirar seus irmãos da favela e do crime. Estava tudo planejado na cabeça dela, então quando Jane alcançasse essa meta, finalmente largaria de vez a prostituição.

Quando ela chegava tarde do trabalho pecaminoso, seus irmãos sempre iam ao ponto de ônibus para buscá-la. Numa dessas noites, eles ficaram a esperando no horário combinado, mas ela atrasou, pois seu cliente não queria deixá-la sair tão cedo do motel em que estavam.

Os jovens sentaram no meio fio e prepararam um baseado de maconha. Meia hora de espera depois, o antigo fornecedor de drogas parou sua moto na frente dos rapazes e disse:

— Seus moleques sujos. Cadê meu dinheiro?

Eles começaram a discutir prometendo pagar no outro dia, mas eles tinham gastado o dinheiro da irmã comprando mais drogas.

O homem, enfurecido, ainda de capacete, desceu da moto e puxou da cinta uma pistola. Ele atirou à queima-roupa nos dois, foram dez tiros no total. Eles ficaram ali caídos, envoltos em sangue e ambos sem vida.

Foi só assim que Jane percebeu que seu caminho estava a levando à morte, e não só dela, mas de sua família. Todas as pregações que ela ouviu, testemunhos que ela viu, curas que ela viveu, nada a fez entender a gravidade do pecado que ela concebia por dinheiro, até esse momento.

Jane precisou perder o que mais amava para conseguir enxergar a maldição que atraía para sua vida. Enfim, ela entendeu a passagem que diz: *"Porque o salário do pecado é a morte"* (Romanos 6:23).

Depois disso se entregou ao Evangelho de Cristo verdadeiramente. Anos depois de tanta busca, houve sua real conversão, algo que só ocorre com poucas pessoas que se dizem cristãs.

Ela visitou várias igrejas ao redor do país e até no exterior contando seu forte testemunho.

Jane nunca se casou, por vontade própria. Ela não quis mais se envolver com nenhum homem de uma maneira intima.

Aos 60 anos ela descobriu o câncer no estômago, e aos 62 foi curada por uma jovem profeta que se hospedou em sua casa.

Capítulo 18

NA PRESENÇA DE JESUS

Havia tempos que eu não tinha uma noite tão boa, na verdade a última noite em que me senti tão feliz foi com ele na sua cidadezinha, em cima de uma ponte velha. Aprendi que não era o lugar que importava, nem a condição que me perseguia, mas a pessoa que estava ao meu lado.

Depois que Antoni pegou no sono, eu continuei acordada olhando para o céu estrelado que estava sobre nós. Com as mãos no ventre, fixei meu olhar em uma estrela, que estava bem a cima de mim e disse para Deus:

— Senhor, o que será da minha vida agora? Não sei para onde devo ir. Sei que eu já passei por isso, mas eu tinha uma casa para voltar, agora não tenho mais. Sinto-me mais pobre do que antes, estou desprovida de tudo. Se o Senhor me escolheu, por que não tenho mais nada? Nem casa, nem família?

As lágrimas correram por meu rosto e eu fechei os olhos. Percebi que a dor não tinha ido embora com a presença de Antoni, apenas tinha se escondido dentro de mim, num momento de euforia. O único que podia fazer a dor ir embora de vez era o meu Jesus.

Quando abri meus olhos e olhei novamente para o céu, ouvi uma voz suave me chamando, que dizia "Levante-se".

Sentei-me e vi um homem de branco alguns passos à minha frente, embaixo de uma árvore frondosa. O rosto dele era tão claro que parecia emanar luz. Aquele parecia ser um homem comum, mas não era.

Aproximei-me dele devagar, enquanto a luz da lua nos clareava. Ele estava sentado numa grande pedra. Eu me aproximei mais e me sentei no chão aos pés dele. Meu coração pulsava forte no meu peito, meu estômago também vibrava, eu sentia constantes calafrios, todas as células do meu corpo estavam reagindo a presença dele.

O CAMINHO DO MILAGRE

— Sandra, por que está tão triste? Não consegue ver o que você já tem?

— Me perdoe, meu Senhor — eu não conseguia olhar no rosto dele.

— Olhe para mim.

Eu ergui lentamente minha cabeça e ele estava sorrindo. Eu estava tão feliz e ao mesmo tempo constrangida. Na presença de Jesus, nenhuma dor podia resistir.

— Filha, me fale sobre as coisas que você tem hoje.

Foi difícil me concentrar no mundo físico de novo. Quando Jesus me perguntou, eu tive que fazer um enorme esforço para me lembrar das coisas da Terra.

— Eu tenho uma casa, mas não posso mais morar nela. O que eu tenho de bem material, na verdade, é só um carro.

Ele olhou para o céu, então disse, calmo e sereno.

— Meu Pai criou o homem para ser livre e para viver com abundância. Não há problema em ter bens materiais, o problema é que o homem tem crido apenas no que seus olhos podem ver. Os homens acham que a riqueza está em coisas que podem tocar e idolatram essas coisas, que são passageiras.

Fiquei o observando com admiração e tentando absorver o máximo de suas palavras. Eu percebi que focar no mundo material tinha alimentado minha tristeza, meu olhar para o mundo estava errado.

— Pai, eu não sei mais o que esperar da vida. Sei que ela é passageira, mas eu não consigo mais fazer planos para ela.

— Filha, o que te deixa mais feliz?

— Me sinto extremamente feliz quando o Senhor me usa para operar cura em alguém, quando ajudo a trazê-los mais perto do Senhor. E quando estou na igreja ou no monte de oração.

— Você acha que não verá mais milagres no seu tempo de vida?

— Creio que verei, sim.

— Sim, verá! — ele disse com autoridade e continuou dizendo:

— E dos prazeres da vida terrena, quais foram os momentos em que você se sentiu mais feliz?

Entendi que agora Jesus estava falando sobre o mundo físico. Eu olhei para trás, onde Antoni estava dormindo, e depois olhei novamente para o Senhor.

— Esse rapaz tem a vida parecida com a sua, Sandra, o coração igual ao seu. Por isso vocês se encontraram. Se você precisa de uma motivo para continuar a viver e ser feliz, que seja esse.

O Espírito Santo me fazia entender com profundidade as palavras do Mestre. Jesus se referia à vida de Antoni, mas não somente. Ele também falava de todas as pessoas que eu podia ajudar e todas as almas que eu podia levar a conhecer a salvação através do caminho que é Cristo.

Recostei meu rosto no colo de Jesus e fechei meus olhos, respirei fundo, sentindo toda a cura que minha alma precisava. Ele colocou a mão sobre minha cabeça e então eu senti uma profunda paz dentro e fora de mim. Entrei num sono profundo e sereno.

Quando eu acordei, estava deitada no colchonete ao lado de Antoni. Eu sabia que aquela experiência não tinha sido um sonho, pois quando despertei não havia mais sintomas de depressão em mim e meus olhos estavam cheios de esperança. Eu sentia que emanava luz assim como Moisés quando descia do monte depois de ter encontrado com o próprio Deus.

Quando me espreguicei, olhei para a fogueira e Antoni estava preparando um café, havia um cheiro bom no ar, como uma manhã aconchegante na chácara da vovó. Mas como fiz essa analogia?

— Bom dia! — ele sorriu para mim com um bule em uma mão e uma caneca de metal na outra.

Ajeitei meu cabelo e pedi um minuto para escovar os dentes, e também urinei atrás de um arbusto. Nunca fui muito vaidosa, mas depois corri para o carro para passar o único batom que eu tinha.

Quando voltei, ele estava sentado no tronco, que improvisamos como banco, e logo me entregou o café quando me sentei ao lado dele.

— Se não se importar em dividir comigo, essa é a única caneca que eu tenho.

Rimos por uns instantes e percebi que ele olhou no profundo dos meus olhos.

— Tudo bem. Não me importo.

— Você está diferente hoje — ele afirmou enquanto olhava meu rosto.

Eu fiquei sem graça e tentei disfarçar, pensei que ele tivesse reparado que passei batom, mas a cor era tão suave.

— Estou?

— Está, mas não consigo entender direito o que é. Está com um ar de felicidade, parece radiante.

Entendi do que ele estava falando. Foi o meu encontro com Jesus que mudou a minha face.

— É que eu estive com Jesus essa madrugada e me sinto renovada.

Falei a verdade sem perceber. Achei que ele pudesse ter entendido de uma forma poética, como se eu tivesse orado ou coisa assim, porém eu tinha dito de forma literal o que havia acontecido. Eu não sabia se ele era espiritual o suficiente para discernir o que eu tinha afirmado. Dessa forma, conforme a resposta dele, eu saberia.

— E Jesus falou algo sobre mim?

Minha boca se abriu na hora. Antoni entendeu o que eu tinha dito, mais que isso, ele creu na minha palavra.

— Sim. Jesus disse que somos parecidos.

— Parecidos?

— Sim. Que temos vidas parecidas.

Eu não queria explicar os detalhes, não queria que ele pensasse de maneira errada.

— Verdade. Eu não tenho casa e durmo cada noite em uma cidade, e você, agora, está na mesma situação que eu — ele soltou um riso fraco de ironia.

Passei a caneca para ele torcendo para que Antoni não me fizesse mais nenhuma pergunta sobre o que Jesus havia me dito.

— Essa vida de "cigano" já tem me enchido a paciência.

Antoni olhou para dentro da caneca e quando viu que estava quase vazia começou a enchê-la do café quente e seus lábios começaram a desabafar:

— Antes essa vida era tudo que eu mais queria. Não ter paradeiro, conhecer muitos lugares e pessoas diferentes, mas agora estou cansado. Tudo que eu mais quero hoje é ter uma cama para chamar de minha, ter minhas panelas para fazer uma boa comida e um cachorro para brincar no gramado.

Comprimi meus olhos e entendi profundamente o sentimento dele. Ele não queria mais viver sem compromissos. Doeu meu peito como se meu coração estivesse mostrando que se importava com a dor daquele homem misterioso.

— Sinto tristeza por você estar nessa situação, Sandra. Não desejo essa vida de solidão para você.

Fiquei confusa. Eu não sabia se ele estava dizendo que não me queria por perto, ou se estava dizendo que queria mudar de vida comigo.

— E quais são seus planos para o futuro, Antoni? Você vai continuar trabalhando e vivendo assim? Por que não abre mão de ser infeliz?

— São muitas perguntas para um cara só. Mas olho para você, menina, e tudo que vejo é alguém que me entende de verdade. Foi Deus quem colocou você no meu caminho!

Um largo sorriso brotou do meu rosto, foi a confirmação que eu precisava para saber que não tinha sido um sonho. Decidi naquele momento lutar para que ele também tivesse um encontro com Jesus.

— Antoni, eu quero ajudar você. Posso te ensinar o pouco que eu sei sobre as coisas de Deus e você vai ter sua vida transformada. Você vai viver os sonhos de Deus para sua vida. Diz para mim, o que você sonhava ser quando era criança?

Eu não sei por que tinha feito aquela pergunta, era o Espírito Santo que estava me guiando para conseguir penetrar no coração de Antoni.

— Não vou dizer. Você vai rir de mim.

— Para com isso. Me diz logo!

— Eu queria ser bombeiro.

— Que ótimo. E por quê?

— Porque eu queria salvar vidas.

Olhei para ele, ainda sorrindo, esperando que ele fosse dizer algo mais, mas ele se entristeceu e abaixou a cabeça. Então fui cheia novamente pela sabedoria que vem do alto.

— Se seu objetivo era salvar vidas, posso te mostrar outra maneira de fazer isso.

Era tão lógico para mim, o desejo dele sempre foi além do mundo natural. Antoni queria livrar pessoas da morte e do fogo! Eu via isso de uma maneira espiritual, ele salvando as pessoas pela libertação em Cristo, livrando-as da morte e do fogo da condenação eterna.

Todos nascem com seu chamado embutido, ele percorre nossas veias. Muitos não o descobrem tão facilmente, muitos, ainda, morrem sem entendê-lo.

Mas no caso de Antoni, houve a interpretação do seu chamado, de outra maneira. Adiantaria ele salvar alguém de um incêndio e essa pessoa continuar vivendo no pecado e depois caminhar para condenação? Mais importante é a vida eterna do que a vida passageira.

Eu tinha que ser sábia para explicar isso para ele, talvez depois de saber disso, Antoni entenderia por que não se sentia feliz de nenhuma maneira. Tudo isso o Espírito Santo me revelou em segundos, durante a pausa de nossa conversa.

Eu o conhecia havia pouco tempo e não sabia como ele podia reagir se eu não soubesse explicar.

Para explicar essas resumidas palavras para Antoni, foram dois dias de conversas e orações que fizemos naquele lugar. Com minha Bíblia nas mãos, eu respondia às dúvidas que ele tinha sobre as Escrituras e sobre os pecados.

Enchemo-nos da presença de Deus e do poder do Espírito Santo, eu sentia que ele estava diferente, parecia mais sincero.

Depois daquela maravilhosa experiência, nós arrumamos nossas coisas para irmos embora, Antoni precisava voltar para seu trabalho.

Na hora de nos despedirmos, ali, no último minuto, ele se aproximou de mim e disse:

— Sandra, eu quero mudar, decidi isso agora e não vou voltar atrás.

— O que você quer dizer, Antoni?

— Eu quero aceitar Jesus, quero largar tudo que não foi ele quem me deu. Quero as coisas que provêm dele.

Eu segurei a mão dele, estávamos na frente do Opala, era começo da manhã e o sol se erguia tímido no horizonte. Não tive dúvidas do que eu devia dizer:

— Antoni, você quer aceitar a Jesus como o único salvador da sua alma?

— Eu quero.

Um louvor começou a tocar no meu coração nesse exato instante. Com nossas mãos ainda unidas, eu pude sentir um calor que corria do corpo dele para o meu. Meus olhos se encheram de lágrimas que quase tampavam minha visão, até caírem carregadas nas minhas bochechas.

Eu o puxei e o abracei. Antoni me segurou no abraço e começou a chorar entre gemidos. Existia ali a real presença do Espírito Santo que se movia em nossas almas. Senti-me completa e realizada em insistir nele, ainda que tenha parecido fácil, tive que medir com cuidado minhas palavras nesse período.

— Eu quero uma vida nova. Não sei como será, mas quero você do meu lado, Sandra.

Eu me afastei, apenas o bastante para olhar nos olhos dele, então perguntei:

— Como assim?

— Eu preciso voltar e terminar meu trabalho, mas esse será o último, depois eu vou procurar um pastor conhecido que irá me batizar. Quero que você volte para a cidade do seu padrinho e me espere lá. Vou te dar esse tempo para colocar em oração o nosso relacionamento e quando nos encontrarmos de novo, vamos decidir juntos o que fazer com a direção de Deus. Você concorda?

Fiquei imóvel, eu estava com a mão direita no ombro dele e ele com a mão na minha cintura. Aquele foi o maior contato físico que tivemos.

— Tudo bem, nunca discordarei de orar por algo.

— Mas é isso que você quer?

— É sim, Antoni, agora temos que saber se é o que Deus quer para nós.

Por onde passei, vi muitas pessoas no meio cristão dizerem que Deus não fez uma pessoa com propósito de se casar com outra, diziam que somos nós mesmos quem escolhemos nosso cônjuge. Mas tudo que vivi e os testemunhos que ouvi me fizeram crer no contrário. Deus já sabia como seria nosso rosto aos 10, 20 ou 30 anos. Ele também já sabia com quem nos casaríamos e une propósitos iguais para que se complementem na jornada da vida.

Claro que existem pessoas que fizeram a escolha errada, casaram sem buscar uma confirmação de Deus e, por isso, acabaram sofrendo por toda vida ou optando pelo divórcio.

Minha alma estava palpitando de alegria, assim como meu coração. Mas apesar de saber que ele também estava interessado em mim, eu não queria criar expectativas, caso aquela não fosse a vontade de Deus para nós.

— Eu sei que não sou nenhum santinho, nem um cara virgem. Mas quero começar certo com você.

Não precisei falar mais, apenas sorri. Ele estava buscando a Deus e se esforçando para alcançar uma verdadeira mudança.

Então, entramos em nossos carros e seguimos em direções opostas. Pelo retrovisor vi Antoni acenando e mandando um beijo com a palma da mão. Nesse período, eu ainda estava confusa sobre o que sentia por ele, mas isso logo mudaria.

Capítulo 19

A MORTE FURIOSA

A estrada sem fim era o meu lar. Não adiantava eu querer fugir dela, pois estava sempre sob meus pés e sobre a minha mente. A estrada me levava para qualquer lugar e demorou para eu entender que era onde eu devia estar naquela fase da minha vida. Mas por mais que fosse divertido e desafiador viver daquela maneira, também havia dentro de mim um desejo de ter uma família e uma vida normal.

Meu contato com Deus voltou mais forte depois de toda aquela crise e agora parecia estar mais intenso. Antes eu o ouvia falar comigo, agora eu também falava com ele, não era mais uma via de mão única e sim uma conversa com respostas simultâneas.

No início desses diálogos, eu precisei me redimir de todo pecado que cometi em consciência dentro da minha mente. Pode parecer que eu não havia feito nada errado, mas eu sabia que tinha feito. Eu duvidei do meu chamado, questionei a Deus e disse que ele tinha errado em me escolher e o culpei por ele me deixar sozinha, sem casa e sem família.

Talvez, quem conhecesse minha história até aqui pudesse ter o mesmo tipo de pensamento, mas eu comecei a entender uma parte pequena do grande propósito do Senhor na minha vida e na verdade, fazer a vontade de Deus era meu maior desejo. Ser um instrumento dele era o que me deixava mais feliz. Eu precisei passar por aquelas experiências para aprender algo bem maior.

Eu não tinha vontade de cair no mundo ou no pecado, era feliz vivendo na minha santidade, pois era algo natural para mim. Era normal não falar palavrão ou não cair nos desejos da minha carne. Eu entendia o que havia por trás daquelas coisas no mundo espiritual e eu não queria desfrutar de influencias malignas.

Eu sempre era sistemática em tudo que fazia, traçava pequenas metas para estar sempre avançando a cada dia, como, por exemplo, quando eu pegava a estrada e planejava fazer uma parada só depois de tantos quilômetros. Sempre fui disciplinada, isso me ajudava muito a manter o ritmo, mas me causava muito stress quando eu não atingia meus objetivos.

Numa noite, antes de chegar à cidade do meu padrinho, fiquei sobrecarregada. Eu senti um pouco de sono, mas não queria descansar para não perder tempo, então decidi fazer uma rápida parada para um café forte. Encostei o carro na frente de uma cafeteria, era um lugar estranho e tinha um placa grande escrito "café", mas também havia algumas luzes vermelhas piscando e um letreiro com forma de silhueta feminina. Achei muito suspeito, mas eu não queria perder tempo procurando outro lugar.

Entrei e me sentei num banco em frente ao balcão e logo pedi um café. Havia várias mesas e diversas pessoas sentadas, alguns homens e mulheres que riam alto e se comportavam de maneira promíscua. Eu olhei para o meu lado direito, havia um corredor com luzes vermelhas e eu pude ver na parede a silhueta de mulheres dançando.

Meu primeiro pensamento foi correr dali, mas decidi me sentar e esperar para ver se Deus queria que eu falasse com alguém naquele lugar. Eu estava tão desconfortável e com a sensação de ter formigas correndo pelo meu corpo todo, parecia que o sono tinha até passado. Eu sabia que aquele era um ambiente de pecado e dominado por demônios e as trevas não convivem com a luz.

A balconista me trouxe o café, enquanto eu observava todas as bebidas na prateleira da minha frente. A mulher parecia uma atendente normal de cafeteria, aquele lugar era realmente muito estranho.

Quando tomei o primeiro gole, o homem que estava do meu lado direto, a um banco de distância, disse:

— Outra vez você cruzando meu caminho!

Eu não havia reparado nele, o formigamento subiu da minha coluna para minha cabeça. Era um homem bem vestido, de cabelos e olhos claros, rosto quadrado e pele extremamente luminosa, parecia uma seda. Ao mesmo tempo que era bonito também era assustador, tinha um olhar profundo e estava visivelmente irritado. Estávamos apenas nós dois sentados em frente ao balcão.

Virei lentamente meu rosto para ter certeza de que ele havia se dirigido a mim, sua voz era grave e vibrante.

— Desculpe, nos conhecemos? — perguntei, intrigada.

Eu sabia que havia algo errado nele, algo ruim provinha de sua presença,

— Bem pouco, mas o suficiente para saber que não gosto de você, Sandra.

Ele amparava um copo de whisky entre as mãos, suas pernas estavam tremendo, sinal de que estava se controlando para não agir como realmente queria.

Eu não pude disfarçar o medo que brotou no meu rosto. Quando eu olhei nos seus olhos azuis consegui ver, pelo espiritual, quem ele realmente era.

— Ei, garçonete! Me traga mais uma dose cowboy, ok?

As duas atendentes se juntaram no canto e pude ouvi-las murmurar:

— Quantas doses esse homem já bebeu, umas 13?

Ele estava mais distante delas, era impossível ele ter ouvido o que elas diziam, mas logo ele gritou:

— Não finjam que não me ouviram! Parem de ficar contando minhas doses e deixem a garrafa aqui!

Ele não estava embriagado, estava mais sóbrio que uma criança. Depois de encher o copo novamente ele olhou para mim e continuou a conversa desagradável:

— Sabe, Sandra, você sempre se recusa a vir comigo e ainda tem atrapalhado muito meu trabalho. Mas dessa vez eu não vou apenas observar seu showzinho, vou impedir você. Estou enfurecido com tudo isso que você tem feito, porque eu sou um cara metódico, sabe? Sou sistemático e, assim como você, eu gosto de disciplina e ordem. Mas, um belo dia, vem uma profetinha qualquer e corta meu contrato e minha cota de almas vai lá embaixo. Eu estou com tanta raiva de você que se eu pudesse te levaria comigo agora!

Eu respirei fundo e o medo caiu nas minhas costas. Eu lembrei dos meus encontros com ele. Eu o tinha visto no hospital, mas ele estava em forma espiritual, e agora sua forma era humana. A morte estava bem ali do meu lado!

— Não vai dizer nada? O que foi, viu um espírito, Sandra?

Ele gargalhou enquanto saboreava meu silêncio e meu medo. Então, me agarrei na lembrança da face de Jesus e levantei minha cabeça, com ousadia, olhei para ele e disse:

— Ouvi dizer que você era inevitável, mas eu não esperava te encontrar num lugar desses.

— E sou inevitável! E sobre o lugar, eu posso dizer o mesmo, profetinha. Vou te contar uma breve história enquanto você bebe esse café requentado.

Minha vontade era encará-lo, mas aproveitei o momento para orar em pensamento, pedindo ao Espírito Santo uma estratégia.

— Desde a queda do homem, eu e o pecado entramos em seu mundo, quase juntos. Eu faço meu trabalho muito bem, mas às vezes, aparecem profetas intrometidos que saem por aí curando moribundos e até ressuscitando mortos. Isso acaba com a minha reputação!

Dentro de minha mente, eu ainda estava orando, mas agora desesperadamente. A cada segundo parecia que eu não sairia com vida daquele lugar sujo. Eu ficava pedindo a Deus para ele me livrar daquela situação. Eu sabia que, diante de mim, estava um dos seres mais poderosos do mundo espiritual.

— Desculpe por te desestabilizar senhor Morte, mas eu cumpro ordens.

Ele bateu a palma da mão com força no balcão, fazendo os copos tremerem.

— Ordens? Mulher, nosso chefe é o mesmo, sabia? O que me irrita é ele colocar você acima de mim. Sabe quantos séculos tenho à sua frente? Sabe o poder que me foi dado? Quem é você?

Ele tentou me reprimir o máximo que pode, a Morte queria que eu pensasse que eu estava sujeita a ele, mas eu sabia que não.

— Engraçado, você é tão experiente e tem tanto tempo de vida, e vem fazer perguntas para mim, uma simples mortal.

As sobrancelhas dele foram abaixando lentamente e ele pareceu se forçar para ter calma.

A Morte achou que podia me enganar. Eu sabia quem havia o criado, foi meu Deus. Mas a morte não fazia parte do paraíso, ela entrou depois da queda do homem, que antes era imortal. Depois que Jesus derramou seu sangue, nos fez participantes da herança de Deus, nos dando direito à salvação pela sua graça, a vida eterna!

Mas eu também sabia que era de Satanás que a morte recebia suas ordens.

Através do Espírito Santo, vieram a mim palavras corretas para respondê-lo.

— *"Porque Cristo reinará até que tenha derrotado todos os seus inimigos, incluindo o último, que será a morte"* (1 Coríntios 15:25-26).

— Olha só, parece que você tem estudado a Bíblia. Mas como você mesma citou, apenas ele me venceu, não vocês. Então eu ainda tenho domínio.

— *"E se a nossa esperança em Cristo é unicamente para esta vida, nós somos as pessoas mais miseráveis no mundo"* (1 Coríntios 15:19).

Ele começou a ficar visivelmente mais irritado.

— Ótimo, Sandra, você sabe a verdade. Eu também vou morrer. Mas você é profeta, é sua obrigação saber disso.

Então, me levantei, paguei meu café e fui em direção à saída, eu estava o ignorando completamente. Quando toquei a maçaneta da porta, ele disse:

— Pode me ignorar agora, Sandra, mas um dia nós vamos nos encontrar de novo e você não vai poder me evitar.

— Talvez eu possa.

— O que quer dizer?

— *"Nem todos morreremos, contudo, todos receberemos novos corpos!"* (I Coríntios 15:51).

Saí da cafeteria sem olhar para trás, eu aprendi que a morte é só uma passagem para a eternidade. Mas, assim que atravessei a rua e peguei na maçaneta do Opala, veio sobre mim um grande temor e comecei a chorar. Senti-me firmemente em perigo, pois foi a própria morte que me ameaçou.

Apesar de ter certeza do meu chamado, eu tive medo. Entrei no carro e coloquei minhas mãos no volante, mas não conseguia virar a chave na ignição. Minhas pernas tremiam, não podia firmar meu pé no acelerador, estava desesperada para sair dali, mas era incapaz. Então, de repente, tudo ficou escuro e eu apaguei.

Meus olhos doíam muito, estava difícil abri-los, pois a luz forte os machucava. Ergui devagar minhas pálpebras, tentando assimilar o que tinha acontecido, então eu percebi que estava deitada em um lugar macio e confortável.

Fui erguendo minha cabeça devagar e vi Lamuriel. Ele parecia ser o mesmo, mas estava mais jovem.

— Lamuriel, é você? Onde estamos?

O anjo se aproximou de mim e pôs a mão na minha cabeça, imediatamente eu tive claridade na minha visão. Era um lugar difícil de se descrever, pois mais linda que as coisas que eu via era a sensação prazerosa que eu sentia.

Era semelhante a um jardim, mas também havia móveis dispostos em vários lugares, alguns pareciam ser de diamantes e lembravam bancos. Em volta dos móveis, havia vasos de barro e outros objetos que tinham formas variadas, que não lembravam nenhum objeto que eu conhecia.

Eu estava deitada no chão, fui apalpando a grama, que mais parecia um tapete felpudo e não era verde, mas tinha diversos tons de rosa. Quando me levantei, o anjo me disse:

— Não tema homem nenhum, muito menos espírito maligno. Lembre-se de quem te escolheu para fazer esta obra.

Capítulo 20

COMEÇANDO DE NOVO

Lá estava eu novamente, acordando em algum lugar dentro do meu Opala branco, mas dessa vez eu estava em frente a uma casa conhecida. Era dia claro e eu estava no destino da minha viagem, a casa do meu padrinho João. No mesmo instante em que abri meus olhos, o vi saindo da casa e vindo em minha direção.

— Minha filha, você voltou para me visitar?

João estava sorrindo por me ver. Eu desci do carro e ele me deu um forte abraço, enquanto em minha mente eu tentava assimilar a situação.

— Como você está, padrinho? Na verdade, eu quero passar uns dias com você, é uma longa história.

— Claro, claro. Se quiser pode até vir morar comigo. Será muito bom ter mais uma pessoa nessa casa grande.

Ele entrou no carro e me convidou a fazer o mesmo. Nós ficamos um tempo ali, até eu resumir um pouco do que havia acontecido com minha casa e a nova família do Jeremias.

Meu padrinho arregalava os olhos ao ouvir e quando terminei, ele segurou minhas mãos e orou por mim. Eu me mantive firme e não derrubei nenhuma lágrima ao reviver tanta dor, estava me sentindo curada daquela parte da minha vida.

Então, quando tudo se acalmou, João começou a olhar os detalhes do painel do Opala, ele passava a mão suavemente tentando sentir toda a beleza.

— Eu tive um Opala assim, sabia? Ele era tão forte e veloz, sinto tanta falta dele. Eu tive que vendê-lo para comprar esta casa.

Eu olhei para o velho senhor e, com compaixão, perguntei:

— Quer dirigi-lo?

Os pequenos olhos cansados de João me olharam com um brilho intenso.

—Não sei se devo. Apesar de ter habilitação, eu não dirijo nenhum carro há muito tempo.

Precisei insistir, mas foi apenas um pouco e logo ele aceitou. Trocamos de lugar, João tirou do bolso uma caixinha e colocou seus óculos de grau. Com um enorme sorriso no rosto, ele ajeitou o espelho e engatou a primeira marcha, que ficava atrás do volante. O velho pastor foi tirando o pé lentamente do acelerador e entrou na pista.

João andava bem devagar, degustando o motor girar, a cada marcha seu pé sentia a força da embreagem. Enquanto ele apreciava o Opala branco, eu apreciava sua felicidade. Ele dominava muito bem o carro, era como se fosse seu próprio veículo.

Passamos na frente da casa de dois conhecidos de meu padrinho e ele gritou enquanto buzinava:

— Olha eu aqui, companheiros!

Os amigos (também da terceira idade) sorriram e ergueram as mãos admirados com a máquina potente. Eu apenas observava cada detalhe, compartilhando aquela alegria com João, sentada ao seu lado naquele banco inteiriço. Ele parecia uma criança que tinha acabado de ganhar seu primeiro carrinho de controle remoto.

Depois de andarmos poucas quadras, voltamos para casa. Quando chegamos, João se lembrou que tinha um recado para mim. O médico do hospital estava me procurando havia dias, porém ele não sabia sobre qual assunto o doutor queria tratar comigo.

Tomei uma banho quente e me troquei, comi uma fruta e fui à procura do doutor, que estava de férias do trabalho.

O endereço ficava nos arredores da cidade, era uma longa estrada asfaltada, mata adentro. No final daquela longa rua, entre enormes árvores, estava um grande portão de ferro cheio de detalhes.

Aproximei-me e apertei o interfone; logo, ele liberou minha entrada e eu estacionei o carro. Havia um grande pátio com uma fonte no meio. A casa era grande, mas não era uma mansão antiga, como eu tinha pensado, e sim uma casa inteira feita de vidro, que ficava escondida no meio das árvores, bem no alto, o que permitia uma boa vista do horizonte.

Ele veio me receber acompanhado por três cachorros, mas os bichos ficaram sentados à porta, me observando, dois deles de porte grande sem raça definida e um deles (o menorzinho) não parava de latir.

— Olha quem deu o ar da sua graça!

— Como vai, doutor?

Seu sorriso era radiante, ele me abraçou com carinho e leveza. O médico estava usando um conjunto de moletom da cor cinza, sua barba estava crescendo, claramente ele estava de férias e bem à vontade na sua casa.

— Sou eu que quero saber como você está, menina, deixa eu ver você.

Ele começou a me examinar ali mesmo na calçada de pedra da entrada. Segurava meu rosto entre as mãos fortes e olhava dentro dos meus olhos. Fiquei sem graça, me senti como uma paciente, mas para ele era um hábito comum. Então, Erick foi me convidando para entrar.

— Sandra, esses são meus filhos. Esse amarelão peludo é o Bosque, esse acinzentado é o Sortudo e esse pequeninho irritado é o Doidin.

Eu não aguentei a risada ao ouvir os nomes dos cachorros, depois que eles me cheiraram me senti à vontade para fazer carinho nos grandões, que eram mais amigáveis que o Doidin. Lembrei do meu Rique e senti um aperto no peito.

Fui entrando e observando tudo, enquanto ele ia explicando o porquê de cada coisa que havia na sua casa.

— Está vendo que não tem paredes nesse espaço? Aqui nesse balcão é minha cozinha. Eu gosto muito de cozinhar e receber amigos e, enquanto cozinho, eu gosto de conversar com o pessoal.

A sala era mesmo um espaço aberto e tinha um grande sofá branco e uma grande TV. Havia poucos quadros na parede e objetos de decoração, apenas algumas fotos dele e de sua família, mas essas poucas coisas que havia eram de uma estética moderna e elegante.

Eu continuei em pé enquanto ele me mostrava a parte de baixo. Erick me convidou a subir e ver seu quarto. Era tudo com muito respeito, ele agia de uma maneira natural e percebeu minha curiosidade pela casa.

Ele parecia um guia em uma floresta, ia me explicando detalhes de cada escultura e cada quadro. Erick abriu a porta de seu quarto e havia uma cama grande e bem arrumada, que estava de frente para uma parede de vidro, o lugar era muito claro e ele contou com orgulho que via todos os dias o nascer e o pôr do sol e que dormia olhando para as estrelas. Não havia cortinas, mas ele me mostrou que o vidro ficava escuro se apertasse um botão, quando ele quisesse privacidade.

Lembrei-me do Antoni, o sol me fazia lembrar dele. Os dois eram homens completamente diferentes, mas ambos valorizavam o nascer do sol.

Em cima da cama havia dois gatos que dormiam profundamente, um cinza e outro amarelo.

— Esses são meus outros dois bebês: Pamonha e Cinza. Eu encontrei o Pamonha na rua aqui perto, era um recém-nascido passando fome. O Cinza era o gato de uma paciente que faleceu, a família dela rejeitou o coitadinho, mas eu fiquei com ele.

Meu coração se encheu de admiração, aquelas atitudes mostravam que Erick era um homem de bom coração e que além dele amar e cuidar das pessoas, ele também amava e cuidava dos animais. Mas para o clima não ficar pesado, logo eu quebrei o gelo.

— Você não é muito criativo para nomes de bichos, não acha?

Ele riu comigo e ficou um pouco corado.

Na casa, ainda havia mais dois quartos de visitas: um que seus pais usavam quando vinham de outra cidade para visitá-lo e outro que sua empregada usava quando passava a noite no trabalho. A empregada idosa era a única companhia humana de Erick, ela era uma senhora muito alegre e divertida e já tinha visitado a igreja algumas vezes.

Fiquei ouvindo ele falar sem parar por alguns minutos, ele contou que vivia sozinho, longe da família, tinha poucos amigos e trabalhava muito.

Descemos novamente e ele me ofereceu uma bebida, eu pedi chá mate. Sentei no seu enorme sofá e, quando eu menos esperava, ele puxou uma cadeira na minha frente. Com um estetoscópio no pescoço ele esticou o meu braço e colocou um aparelho para aferir minha pressão arterial.

Erick pediu para eu tirar meu casaco de lã e colocou o estetoscópio no meu peito, depois perguntou se eu estava me cuidando ou se sentia alguma dor.

— Estou bem, doutor — respondi.

— Me chame de Erick, Sandra.

— É meio difícil não te chamar de doutor quando você está agindo como um.

— Me desculpe. Eu nem percebo que estou agindo como médico.

— Eu sei, querido. Fique tranquilo.

Quando ele ergue a cabeça, eu pude olhar de perto seus olhos. Ele ficou parado na minha frente, fazendo o mesmo com aqueles objetos nas mãos. Meu coração deu um pulo, me senti constrangida, ele era muito bonito e atencioso. Mais uma vez eu tive que lutar para controlar meus pensamentos carnais. Eu fiquei confusa, eu não sabia se para ele eu era apenas uma paciente ou se ele me via como uma mulher.

— Acho que agora é sua vez de falar, Sandra. Por onde andou, menina?

— Você sabe, fazendo a obra de Deus.

— Eu te liguei umas mil vezes, você não usa seu celular?

— Raramente, até esqueço de carregá-lo.

Eu fiquei um pouco sem graça.

— Mas por que você queria tanto falar comigo? Fiquei preocupada achando que podia ser algo errado com a minha saúde.

— Não é isso — ele riu levemente. — Você só me vê como um médico?

— Sim, eu acho. Na verdade, nossa relação é de médico e paciente. Não é?

— É sim. Mas não podemos também ser amigos? Atrás do meu jaleco branco, tem um homem de carne e osso!

Meu coração, que já estava se acalmando, palpitou mais forte. Ele disse o mesmo que eu pensei. Levei rapidamente a mão no peito.

— Você está bem, Sandra? Sentiu alguma dor?

— Estou bem Erick. É que depois que eu descobri sobre o transplante, eu tenho medo quando sinto meu coração acelerar.

Ele sorriu de novo e se sentou na minha frente. Quando ele colocou novamente o estetoscópio no meu peito, eu senti muita vergonha.

— Seu coração sempre acelera?

— Não. Só quando tenho alguma emoção forte.

O cirurgião cardíaco se afastou poucos centímetros e ficou olhando para mim. Seu queixo tremia e uma gota de suor caiu de sua testa.

Sem perceber, eu levei a mão no peito dele, em cima de seu coração, e senti o mesmo. Enquanto minha mão estava ali, ele disse:

— Está sentindo meu coração acelerado? Isso é normal para qualquer ser humano.

Ele colocou a mão sobre a minha e quando ele se inclinou para frente, rapidamente eu me curvei para traz. Depois me levantei. Claramente ele iria me beijar.

— Mas, então, por que você queria falar comigo, Erick?

Um pouco sem graça, ele respondeu:

— Eu quero que você me ensine.

Ele se levantou, foi até a estante e voltou com livro de capa preta.

— Eu até comprei essa Bíblia, mas não entendo muito bem o que ela diz. Eu quero servir ao seu Deus, o Deus Jeová deste livro. Desde que você orou por mim, Sandra, eu sinto que não sou mais o mesmo, as coisas que antes eu fazia e me davam prazer, hoje me causam tédio e muitas vezes um sentimento estranho...

— Constrangimento?

— Isso. Eu sinto como se alguém estivesse sempre me observando. É estranho porque são coisas normais que todo mundo faz, mas agora eu sinto que estou fazendo algo errado.

Eu senti a forte presença do Espírito Santo enquanto ele falava. Eu sabia que mesmo se Deus me usasse para operar curas e milagres, se eu não conseguisse fazer pessoas se arrependerem de seus pecados e verdadeiramente aceitarem Cristo como salvador, meu trabalho nunca seria completo.

O milagre que mais importava era aquele que os olhos não podiam ver instantaneamente: a transformação de uma vida e a salvação de sua alma. Mas as pessoas do mundo natural estão acostumadas a acreditarem apenas no que seus olhos podem ver, foi o que aprendi com Jesus.

— Eu vou te ajudar, Erick, vou responder suas perguntas, as que eu souber, pelo menos. Mas meu padrinho, que você conhece bem, pode te discipular e até fazer seu batismo, já que ele é um Pastor Ministro do Evangelho.

Ele continuou a contar como estava se sentindo um homem diferente e, enquanto ele falava, por alguns segundos, eu tive uma visão e vi como um flash.

A sala em que estávamos estava cheia de pessoas estranhas para mim. Homens e mulheres que agiam de maneira promíscua, desfrutavam de bebidas alcoólicas e até drogas diversas sendo usadas livremente naquele lugar. Pisquei rapidamente e esperei ele terminar.

— Então você e seu padrinho podem vir aqui durante minhas férias para me ensinar?

— Claro, vou conversar com ele, mas preciso deixar algumas coisas bem claras para você. Além do ensinamento você tem que frequentar os cultos da igreja que meu padrinho pastoreia. E você também precisa passar por um processo de libertação, existem muitas coisas do mal que ainda estão amarradas em você.

— Mas para a libertação não basta eu ser batizado?

— Não. No mundo espiritual, Erick, as coisas não acontecem de maneira automática. Algumas coisas são movidas através de você. Por exemplo, o perdão que você libera volta para você. Só quando há arrependimento verdadeiro em seu coração acontece o perdão do seu pecado. Quando você for batizado, você vai nascer de novo, será um novo homem e precisa abrir mão do pecado.

Ele arregalou os olhos e rapidamente os fechou. Erick pensava que o mundo espiritual não era tão complexo. Conversamos mais um pouco, mas, vencida pelo cansaço da viagem, resolvi ir embora e ele entendeu.

Quando eu estava entrando no Opala, um carro simples adentrou os portões; era a empregada de Erick. Muito simpática como sempre, passou buzinando e sorrindo.

Quando cheguei à casa do meu padrinho, contei para ele as intenções do médico, ele ficou radiante e começou a planejar os ensinamentos que daria no dia seguinte.

E foi assim. Durante alguns dias, nós íamos à casa do doutor e ensinávamos a Palavra de Deus. Meu padrinho esclarecia as dúvidas que ele tinha. Além disso, frequentava nossa igreja três vezes por semana, não faltava a um culto. Erick se apaixonou pelo louvor e começou a ouvir apenas músicas de Deus.

Já haviam se passado quatro semanas e eu ainda não tinha nenhuma notícia de Antoni. Meu coração pulsava vagarosamente, eu tinha entregado tudo nas mãos de Deus e estava firme no propósito de oração que fizemos. Mas eu estava me iludindo com a presença do médico, então resolvi lutar contra minha carne mais uma vez e deixar apenas a meu padrinho a responsabilidade do discipulado. Fui me afastando do médico aos poucos.

Capítulo 21

OUTRA PROPOSTA

O tempo caminhou rapidamente e agora já fazia dois meses que eu estava morando com meu padrinho, o pastor João. Nós dois nos dávamos muito bem, eu cuidava da casa para ele e preparava as refeições, João usava o Opala quando queria e íamos sempre juntos à igreja, ele era como um pai para mim. Nós conversamos sobre tudo e principalmente sobre o mundo espiritual, contei para ele algumas experiências que eu tive e às vezes ele deixava escapar algo sobre minha vida antes do coma, mas eu percebia que ele fazia sem querer.

Por mais que eu tentasse, meu coração não conseguia esquecer Antoni, na verdade eu não queria esquecê-lo de vez, mas ter controle sobre a situação e não ficar tão ansiosa a respeito do relacionamento em que buscávamos a confirmação de Deus. Ele tinha me ligado apenas duas vezes naquele período e disse que assim que terminasse a construção do último prédio ele pediria demissão. Antoni disse, também, que ele não tinha esquecido do nosso propósito e logo se concertaria perante Deus. As nossas conversas eram rápidas e diretas, eu tentava decifrar o que ele estava sentindo por mim, por meio das palavras, do tom de voz. Eu não conseguia descansar meu coração, no fundo eu estava lutando contra meu sentimento por ele, até que Deus me desse o sinal verde para prosseguir.

João se tornou um verdadeiro pai para mim, aos poucos fui me abrindo com ele, ele me lembrava muito o senhor Henrique, com sua fala mansa e paciência em ensinar, talvez esse fosse um dom da maioria dos pastores.

As coisas que falávamos ficavam somente entre nós. Ele contava para mim das dificuldades do seu ministério e de algumas ovelhas rebeldes que se revoltavam contra os ensinamentos que provinham da Palavra de Deus.

O pastor João era manso, mas usava sua autoridade com sabedoria, quando necessário. Ele sempre me dizia para eu tomar cuidado com o doutor Erick, pois apesar de ele ter sido batizado e estar frequentando os cultos, ele ainda não estava totalmente liberto de certos costumes de homem. Eu entendia as entrelinhas da conversa, meu padrinho queria dizer que o médico bonitão poderia tentar passar dos limites e, já que era visível o interesse dele por mim, eu precisava vigiar ainda mais.

Meu padrinho não entrou em detalhes, pois seria antiético ele me revelar as conversar intimas que teve com um de seus discipulados, mas eu entendi o conselho e me mantive vigilante. Eu também sou de carne e osso, por isso eu me preocupava não só com o comportamento do médico, mas com o meu também. Claro que eu sentia desejos, claro que meus olhos sabiam o que era bonito e interessante, todo ser humano é assim, e como uma mulher saudável eu tinha hormônios correndo dentro de mim e um sonho de formar uma família. Mas eu escolhia fugir das minhas vontades, assim como José fugiu da mulher de Potifar.

Mas eu tinha me esquecido que Erick também era meu médico, afinal, meu coração tinha literalmente passado pelas mãos dele.

Então, o Inimigo, sabendo de tudo isso, preparou uma armadilha para mim.

Numa noite de quinta-feira, Erick me ligou e pediu que eu fosse até a casa dele para orar por sua empregada. O pastor João tinha ido viajar com um retiro de jovens da igreja e tinha levado os obreiros com ele. Eu pensei não haver problema algum eu ir até lá, já que eu não estaria sozinha com ele, então peguei meu Opala e fui.

Quando cheguei lá, ele me recebeu como sempre fazia: um forte abraço. Senti naquela hora seu perfume amadeirado e um arrepio subiu por minhas costas, quando percebi que meu corpo reagiu a ele, logo me afastei.

— Que bom que você veio, menina. Entre, Sandra, quer beber alguma coisa?

— Não, Erick, obrigada. Só vim orar por Maria e logo vou embora. Onde ela está?

— O filho dela ligou e disse que estava na estrada sem gasolina, então ela foi atendê-lo.

Fiquei imediatamente desconfiada, mas eu não queria pensar mal dele. Nenhum de seus animais estava na sala e a luz estava fraca.

— Então acho melhor eu ir para casa.

— Não, menina. Que medo é esse? Parece que você não me conhece. Vamos aproveitar esse tempo para pôr o assunto em dia.

Eu estava desconfortável, procurando enxergar o espiritual, algo que me esclarecesse o motivo de eu estar ali, mas eu não via nada. Eu entrei na casa e ele foi até a cozinha e voltou com um copo de chá gelado.

— Sabe, menina, eu percebi que você tem me evitado nesses últimos dias. Eu quero saber se fiz algo que te aborreceu?

Eu fiquei muito sem graça e soltei um sorriso amarelo.

— Eu? Evitado você?

— É, Sandra. Eu fiz algo para você? Pode me dizer. Sei que você é uma mulher de Deus e não costuma mentir.

O médico estava me pondo na parede. Eu precisei ser sincera com ele.

— Erick, você tem razão. Eu tenho evitado você, sim.

Ele se sentou ao meu lado e perguntou, um pouco entristecido.

— Mas por quê?

— Porque eu não confio...

Parei ali. Me faltou palavras para descrever a situação sem ofendê-lo.

— Não confia em mim, Sandra? Eu sou seu amigo e seu médico!

— Não é isso, Erick. Eu não confio em mim, quando estou perto de você.

Ele inclinou o corpo um pouco para trás e passou levemente a mão direita no queixo, como se tivesse tentando entender o que eu tinha dito.

Eu levantei rapidamente do sofá e disse:

— Mas eu não quero falar disso agora.

— Está bem, vamos mudar de assunto. Você teve alguma lembrança do passado?

— Está me perguntando como médico ou amigo?

— Para você tem diferença?

Ele se inclinou para frente tentando voltar ao assunto que eu não queria falar. Mas eu fiquei calada.

— O que você tem, Sandra? Você está estranha, parece que está com medo de mim.

— Eu não sou boba, Erick, eu sei que tudo que você disse para me trazer aqui foi mentira. Fale o que você quer comigo, acha que eu também não percebi como você tem me olhado? Eu não sou como as mulheres que você sai só por uma noite.

Antes que ele pudesse responder, o telefone tocou e ele deixou a secretaria eletrônica atender. "Senhor Erick, o senhor está aí? Avise para Sandra que eu decidi voltar para casa com meu filho, o carro dele tem um problema maior que falta de gasolina e tivemos que chamar um guincho. Outro dia marcamos nossa oração. Mande um abraço para ela".

Eu fiquei paralisada, com os olhos arregalados de vergonha.

— Erick, me desculpe. Eu pensei que...

— Pensou que eu estava mentindo? Pensou que eu tinha segundas intenções?

— Eu sinto muito. É que você, você...

— Eu o quê? Não sou santo o suficiente para ser seu amigo?

Erick se pôs de pé e ficou muito próximo de mim, ele estava tão perto que eu podia sentir o aroma da sua respiração. Meu coração disparou e minha respiração estava ofegante. Eu estava perdida no mar negro dos seus olhos, foi quando ele segurou meu rosto com uma das mãos, se aproximou e tocou seus lábios levemente nos meus. Eu fechei meus olhos. Depois, ele se afastou muito pouco para observar minha reação.

Eu estava anestesiada, era como se eu tivesse me entregado ao desejo da carne e essa entrega estava liberando doses de prazer sob minha pele. Eu olhei para os lábios de Erick e como que por impulso o beijei, mas o meu beijo foi muito mais agressivo e quente.

Ele me abraçou pela cintura e me conduziu em seus braços, um calor forte percorria meu corpo. Erick me segurou com facilidade em seu colo ainda de pé, mostrando sua força máscula.

De repente, me dei conta do que estava fazendo e com muita dificuldade tomei o controle do meu corpo. Em segundos discerni meu erro e me afastei do rosto dele, em seguida pedi para ele me colocar no chão.

— Eu não devo...

— O que, Sandra?

Com a mão nos meus lábios, me senti extremamente constrangida ao me lembrar do Antoni. Apesar de saber que eu e ele não tínhamos um relacionamento de verdade, parecia que eu o tinha traído naquela hora. Senti-me a pior das pecadoras.

Erick me olhava curioso, tentando entender o que estava acontecendo.

— Sandra, me fala, o que foi?

— Isso é errado.

— Calma, nós não fizemos nada demais. Foi apenas um beijo!

Aquele foi meu primeiro beijo, quer dizer, o primeiro que eu me lembrava depois que acordei do coma.

Eu estava com a feição séria, porém meu corpo estava reagindo de maneira estranha: eu sentia constantes arrepios que andavam no meu ventre e comecei a suar frio. Eu senti que minha carne estava feliz com o que estava acontecendo e queria se entregar àquela sensação e senti-la em seu ápice.

— Mas beijos só se dão por namorados ou pessoas casadas. Te beijar sem termos compromisso vai contra o que eu acredito, eu tenho que ser um exemplo de mulher de Deus. Não posso pregar uma coisa e viver outra!

Eu falei sem querer impor nada, fui sincera. Mas talvez ele tivesse entendido que eu queria ter um relacionamento sério com ele.

— Sandra, você acha que eu quero só dormir com você?

Ele riu e depois se sentou e amparou a cabeça no encosto do sofá.

— Eu não quero te julgar, Erick, mas sei o tipo de vida que você estava acostumado a viver e...

Ele me interrompeu:

— Disse bem: "estava". Já pensou que eu posso querer algo sério com você, Sandra? Posso querer casar com você!

Eu dei um passo para trás e quase caí ao esbarrar na mesinha ao lado do sofá.

— Não zombe de mim, Erick!

— Eu não estou zombando. Estou falando sério.

— Eu posso ser cristã e parecer inocente, mas não sou criança! Por que alguém como você iria querer casar com alguém como eu?

— Alguém como eu? O que quer dizer? Eu não sou bom o bastante para você?

— Não é isso, é mais pelo contrário, Erick.

Eu fiquei em pé na frente dele.

— Você é um médico, um cirurgião cardíaco! E eu? Nem eu mesma sei quem eu sou, se estudei ou não, se tenho nível superior. Eu não tenho sequer um emprego, por que você iria querer algo sério comigo?

Ele fechou a cara, ficou bravo. Então se inclinou para frente e cruzou aos mãos sobre as pernas.

— Como você pode dizer isso? Logo você? Sandra, você foi a única mulher que encontrei até hoje que me viu como um homem, antes de um médico. Você se aproximou de mim e me mostrou que meus estudos não tinham me ensinado tudo que eu precisava saber da vida e hoje eu sei que preciso melhorar. Pessoas que buscam Deus, como você, têm muito mais conhecimento da vida do que pessoas que só buscam sabedoria humana como eu. Agora eu entendo que o caráter vale mais que status. Sandra, você é tudo que eu desejo ser, sinto Deus quando olho para você, sinto sede de ter o que você tem. Seria maravilhoso passar o resto da minha vida com uma mulher que pode ouvir a voz de Deus!

Eu respirei fundo e entendi que aquele homem não estava apaixonado por mim, mas sim pela presença do Espírito Santo que me acompanhava.

— Erick, você não quer a mim, você quer preencher sua alma da presença de Deus — sentei-me novamente ao lado dele.

— Não é só isso, Sandra. Eu também quero uma família, quero casar com uma mulher de Deus, quero ter filhos e poder ensiná-los o caminho do Senhor. Não existe nenhuma mulher na Terra como você, que já viveu o que você viveu. Preciso desse auxilio, preciso de você. Eu não vou conseguir caminhar na presença de Deus sozinho.

— Tudo que você diz só confirma o que você quer. Você quer Deus, não eu.

Ele se levantou e pegou na minha mão.

— Sandra, o que eu preciso ter para você querer casar comigo?

Fiquei confusa, pensando se aquilo era um pedido de casamento ou apenas uma conversa muito profunda entre amigos.

— Erick, não é isso. Eu...

— Você não me acha bonito, é isso? Não gosta do meu cabelo? Tem outo cara? Me diz.

— Você é lindo, Erick, não é isso. Na verdade eu estou orando com alguém, mas ainda não temos um compromisso firmado.

O médico apertou os olhos e perguntou:

— Qual o nome dele?

— Antoni.

— Ele é daqui?

— Não, ele mora em outra cidade.

— Então, ora comigo também?

Soltei as mãos dele e sorri discretamente.

— Não é assim que funciona, estou esperando a confirmação de Deus para saber se é ele.

— Então, se Deus disser que não é ele, podemos firmar um compromisso?

Abaixei a cabeça e fiquei calada. Não podia negar para mim mesma que ele era um ótimo partido: médico cirurgião, bem-sucedido, inteligente, bonito, solteiro e sedento pela presença de Deus. Comecei a fazer uma lista mental das qualidades dele, mas logo me lembrei do que ele mesmo tinha dito: o caráter não se compara ao status.

— Não precisa me responder agora, ok? Vou esperar e orar por isso.

Eu não sabia o que dizer, preferi me calar. Com a cabeça eu concordei com ele, eu já estava cansada de discutir. Mas também não podia discordar, pois Deus podia estar promovendo tudo aquilo.

Se eu escolhesse errado, eu teria que aceitar minha decisão para o resto da minha vida. Eu não podia pensar só na aparência, pois o tempo passa e a aparência muda, mas ambos eram muito bonitos. Nem mesmo eu podia olhar para dinheiro ou bens, pois são coisas materiais e também passam. De uma maneira ou outra, eu resolvi deixar a decisão nas mãos de Deus, pois o Senhor sabia do futuro.

Então, nos despedimos e fui para casa. Agora, além de pensar em Antoni, também pensava no Erick.

Havia dois homens querendo um compromisso comigo, mas ao mesmo tempo eu ainda estava sozinha.

Capítulo 22

MEMÓRIAS E DOR

Eu decidi me isolar de tudo, as coisas estavam muito confusas pra mim. Meu padrinho e pastor me aconselhou a fazer um retiro individual, e me entregou as chaves do seu chalé que ficava na mesma cidade, à beira de um lago. Eu estava sentindo que minha vida carnal estava ficando acima da minha vida ministerial e a frieza espiritual começou a tomar conta de mim. Por mais que eu parecesse muito avivada, eu sabia que podia descer ao mais profundo, afinal, eu já havia estado no profundo e queria voltar para lá, onde as coisas espirituais não ficavam encobertas de mim.

Eu fiz uma mala com as poucas roupas que eu tinha, enchi uma caixa de comida, depois peguei meu Opala e segui para a casa que ficava floresta a dentro.

Fiquei impressionada com a beleza daquele lugar, era um cenário digno de locação para um filme. O chalé era feito com grandes troncos deitados, na parte de baixo havia sala e cozinha acopladas e um lavabo embaixo da escada; na parte de cima, dois quartos e um banheiro completo entre eles. A casa não era muito grande, mas estava bem em frente ao lago e da sua varanda era possível jogar um anzol e pescar, pois aquelas águas estavam ligadas diretamente ao rio da cidade.

Sentei-me à varanda e fiquei observando as árvores, lembrei da minha antiga casa, doeu meu peito. A oração foi brotando dentro de mim, começou com um clamor de socorro e deu lugar a um desabafo que nunca antes eu havia conseguido fazer.

Dúvidas pairavam sobre minha mente, agora eu era uma mulher dividida entre dois pretendentes e não era isso que eu queria ser. Eu queria ser apenas a profeta, a mulher que ouvia a voz de Deus, eu me sentia suja com toda aquela situação.

Eu precisava mesmo fazer uma escolha? Precisava casar com um deles? E se eu não quisesse ter um relacionamento com ninguém? Na verdade eu queria ser livre, para viajar e fazer a obra de Deus sem dar satisfações para ninguém, eu estava acostumada com a minha vida de independência.

Poderia parecer estranho, mas antes eu não tinha o sonho de casar nem de ter filhos. Tudo que eu ansiava era ter uma casa, mas depois que tive eu só pensava em viajar e depois que viajei queria ter uma vida normal, afinal... O que eu queria? Quem eu era?

Não conseguia mais fingir pra mim mesma que eu não me importava com meu passado, chegou a hora de confessar para Deus o que eu realmente desejava, mas eu estava com medo demais para vivenciar a verdade, porque no fundo eu sabia que iria doer muito.

Fiquei ali por um tempo cantando hinos e adorando a Deus, na cadeira velha de balanço que rangia quando se movia para trás. Até que a noite começou a cair sem que eu percebesse. Entrei e acendi a luz, depois voltei para a varanda, continuei cantando e disse, em alta voz, enquanto o sol se escondia no horizonte:

— Anjos do Senhor, venham louvar comigo!

Quando eu terminei a música, pude ouvir um som diferente: Era como um instrumento semelhante a uma flauta, mas ainda assim não era o mesmo som, as notas começaram baixas e pareciam estar bem longe, mas logo foram se aproximando de mim e ficaram mais nítidas aos meus ouvidos.

Eu não via nada, mas podia ouvir nitidamente a melodia e quando eu voltei a cantar, percebi que havia um coral que me acompanhava, era composto de muitas vozes, não havia nenhum rádio ligado e nenhum instrumento nas minhas mãos, mas havia uma melodia que me acompanhava afinada.

Meu corpo interior se arrepiou e eu senti uma mistura de medo com extrema felicidade. Minha voz foi tomando força e eu que nunca havia cantado de maneira afinada, entrei naquela música e alcancei notas inimagináveis ao meu tom vocal. As lágrimas corriam no meu rosto e me lembrei das aulas de música que Lamuriel me deu.

A presença de Deus tomou minha alma, eu senti que aquele lugar não era só belo aos olhos naturais, mas era consagrado a Deus e era cheio de oração e Shekinah (presença de Deus em forma de fumaça).

Quando já estava cansada demais para continuar cantando, olhei para minha esquerda e vi um homem se aproximando pelo quintal gramado. Ele estava com uma jaqueta bege e calça jeans, tinha uma barba cerrada e um sorriso que brilhava de longe. Fiquei observando ele chegar cada vez mais próximo do chalé enquanto eu estava sentada no chão da varanda, ofegante.

— Minha filha, eu ouvi sua adoração lá do meu trono e tive que descer para ver você me adorar de perto.

Era ele. Jesus veio me visitar novamente, mas dessa vez não parecia um sonho, pois eu não tinha ido dormir, eu estava bem acordada e tinha certeza do que estava vivenciando.

— Senhor? É você mesmo?

— Sim, sou eu.

— Como isso é possível? Eu não entendo.

Ele subiu os poucos degraus e se sentou ao meu lado sem tirar os olhos do meu rosto. Seu cheiro lembrava mirra e ao mesmo tempo parecia o aroma de um pão quente saindo do forno, era uma mistura inusitada, mas que dava muito certo. Fiquei sorrindo como uma boba.

— O Senhor gostou do meu louvor?

— Oh, sim. Estava muito sincero, até os anjos desceram para louvar com você.

— Eu senti isso, pude ouvi-los. Eu senti algo diferente dentro de mim, esqueci minhas preocupações.

— Mas eu também vim aqui com um missão especial. Sabe qual é?

— Eu sei, meu Senhor.

Eu apertei meus olhos como se sentisse alguma dor, nitidamente eu estava com medo, mas a presença Dele me encorajava e me dava certeza de que eu conseguiria passar por aquele momento.

— Eu sabia que não poderia evitar esse momento por muito tempo, meu Pai.

— Você está com medo, minha filha?

— Estou, mas creio que vou vencer, porque o Senhor está aqui comigo!

— Eu estava esperando você entender isso, Sandra. Você estava pedindo para não ter que passar por isso e também para não sentir medo, mas, na verdade, minha filha, você deveria pedir para eu estar com você nesse momento difícil. Agora posso ver que está pronta.

Eu engoli o choro na minha garganta, foi quando Jesus estendeu a mão e na nossa frente se abriu uma grande janela. Ele se levantou e me estendeu a mão, eu segurei firme e juntos entramos nela.

Do outro lá estava minha história. Jesus e eu estávamos observando minha antiga vida, sem interferir em nada.

Primeira Parte: O TRAUMA

— Mãe!

A pequena menina gritou assustada enquanto cobria o rosto com o edredom.

— O que foi, Sandra?

— Estou com medo de dormir sozinha.

— Vou deixar a luz acesa para você.

— Não adianta nada, eles apagam a luz! — ela disse, com os pequenos olhos esbugalhados e com lágrimas que tapavam sua visão.

— Eles quem, filha? Já disse que não tem nada aqui.

Mas tinha algo lá. De fato, Amélia não conseguia ver o que a filha de 8 anos via, a criança já havia nascido com o dom da visão espiritual e por esse motivo vivia com medo, principalmente da noite.

A família era composta de pai, mãe e filha. Eles viviam numa pequena cidade, em uma chacrinha onde cultivavam milho. A renda era pouca, mas dava para viver com dignidade.

Eles iam à igreja todo domingo, eram pessoas honestas, ajudavam os mais pobres. Os pais também faziam diversas novenas para sua filha perder o medo, mas nada adiantava. Levaram a menina à benzedeira para tirar o mal olhado, chamaram o padre da igreja para abençoar a casa e ainda assim o pavor da garotinha e as visões, não passavam. Os pais mal conseguiam descansar quando chegava à noite.

Desde que tinha completado 7 anos, ela não dormia nem durante a noite, nem durante o dia, apenas tirava alguns cochilos de no máximo duas horas. Apesar do medo, era uma menina de muita fé, colecionava santinhos (cartões de santos diversos com sua respectiva oração no verso) e era a melhor aluna da sua sala, apesar de sua timidez.

Na época de colheita do milho, Jorge, o pai da pequena Sandra, dava emprego temporário para alguns conhecidos. Na falta dos antigos funcionários, ele contratou um velho estranho que apareceu pedindo trabalho por aqueles dias. O velho tinha olhos esbugalhados, era barrigudo e careca, ele ficou hospedado no celeiro.

Esse homem estranho começou a tratar Sandra com muita atenção e logo começou a chamar a menina para brincar com ele no celeiro.

— Venha aqui, menininha. Vou te mostrar uma coisa bem legal.

Ela ficava encantada, pois ela fazia bonecas com sabugos de milho e cantarolava canções engraçadas.

Mas as brincadeiras dele começaram a se tornar atos físicos. Primeiro, ele lhe fazia cócegas e depois passou a acariciá-la nos braços, por fim, começou a tocar a pequena em partes íntimas do seu franzino corpo.

A menina começou a ficar com medo daquele velho assustador e passou a fugir dele, mas às vezes ele a pegava brutamente, a colocava em baixo do braços como se ela fosse um pequeno saco de batatas e a levava para o meio da plantação, onde abusava dela. A pobre pequena não gritava nem chorava, ficava imóvel na hora dos atos obscenos, já que ele dizia que se ela gritasse ele contaria tudo para seu pai, fazendo a pequena achar que aquela covardia fosse culpa dela.

Seu pai nunca percebeu nada, ele estava sempre ocupado com seus afazeres, que se dividiam entre cuidar dos animais e da plantação. Já sua mãe, Amélia, trabalhava na cidade, na casa do padre, e também ajudava na limpeza da paróquia. Desde de seus 7 anos os pais a deixavam sozinha e ela sempre se virou muito bem.

São Jorge ouviu a oração da menina e a colheita acabou, aquele homem cruel finalmente foi embora. O tormento de Sandra parecia ter acabado e ela voltou para sua rotina de criança, brincar e ir à escola.

Mas o santo favorito (que tinha o mesmo nome do seu pai) pareceu ter colocado uma validade na "benção" concedida. E, no ano seguinte, Jorge voltou a contratar o velho demoníaco. Isso se repetiu no outro ano e no ano seguinte.

No total, foram oito anos de abusos sazonais. Sandra sempre pensava em contar, mas tinha medo que seu pai dissesse: "Por que não contou antes Sandra?", e a culpa cairia sobre ela novamente.

Quando a jovem completou 15 anos, seu corpo ainda era cheio de hematomas, mas ela ficou mais esperta, e quando sabia que a colheita estava próxima, ia para a casa de uma amiga, passar uns dias para escapar do abusador.

Sandra tinha uma certa mágoa no seu coração. Mágoa por não ter sido cuidada como deveria e por seus pais não terem zelado por ela.

Nenhum dos dois se preocupava muito, achavam que uma boa educação era deixar a criança "livre".

Numa tarde, ela precisou ir para casa apenas para buscar algumas roupas. Do celeiro, o velho viu a moça entrar em casa. Sandra estava na cozinha, bebendo água, quando o bandido a surpreendeu por trás.

— Quanto tempo, menininha! Você achou mesmo que podia escapar do meu amor?

Ele a derrubou e ficou em cima dela, no susto a moça derrubou o copo de vidro, que se quebrou ao tocar o chão. A jovem se debatia e gritava, mas ninguém podia ouvir seu pedido de socorro.

O velho nojento dizia todo tipo de besteiras e beijava o pescoço dela, em seguida seu vestido foi rasgado bruscamente e ela ficou seminua. Sandra continuava a gritar:

— Pai! Pai, socorro!

Lágrimas de desespero corriam por seu rosto apavorado.

— Pode gritar ,o Jorge não vai te ouvir, foi para a cidade! — disse o homem endemoninhado que babava em cima dela.

O velho era muito grande e sua força era bem maior que a de Sandra, que mal conseguia mexer seus quadris na tentativa de se livrar do abuso.

Então, em meio à cena digna de filme de horror, ela pensou numa saída. A moça fingiu estar gostando do abuso, procurando causar menos estímulos a sua resistência, até que o velho soltasse seus pulsos. Aos poucos ele foi afrouxando as mãos e quando ele finalmente a soltou, ela deslizou o braço e com as pontas dos dedos da sua mão esquerda, ela apalpou um pedaço grande de vidro. E assim que ela o firmou entre o polegar e seu indicador, Sandra não hesitou e penetrou o objeto pontiagudo no pescoço do seu agressor. Para revidar, ele deu um soco no rosto dela, fazendo quebrar seu pequeno nariz.

Havia sangue para todo lado, o pedófilo murmurava com as mãos no pescoço, mas não saía voz de seus lábios, ele rolava no chão em agonia.

Sandra se levantou e tentou cobrir os seios com pedaços do vestido rasgado, seu rosto inundado do sangue sujo daquele homem nojento, seu tênis branco não estava mais em seus pés. Mas, apesar daquela situação horrível, ela esfregou a mão na boca para limpar o sangue, e debaixo dos seus lábios esboçou um meio sorriso.

Enquanto observava com prazer a agonia do velho, ela ouviu a porta se abrir, era sua mãe acompanhada pelo padre. Assim que viram a cena,

O CAMINHO DO MILAGRE

eles gritaram e correram para socorrer o homem caído, mas em poucos minutos ele expirou, depois de perder quase todo o sangue pela jugular.

— Sandra, o que aconteceu? — perguntou a mãe, com as mãos cobertas do líquido vermelho e com os olhos arregalados de pavor.

O padre começou a se benzer e se encostou na parede ao lado da porta de entrada.

— Eu fiz isso, mãe — a jovem respondeu, com um olhar paralisado e assustador.

— Por que você fez isso, minha filha?

— Eu, eu...

A pobre moça não conseguia contar o que havia acontecido. Anos de abusos a fizeram bloquear a resposta. No seu inconsciente, Sandra gritava por socorro, mas nos seus lábios as palavras ficavam presas, estavam amarradas ao trauma.

— Eu disse que essa menina estava louca, Amélia – disse o padre, apavorado.

O padre era, ironicamente, descrente do mundo espiritual. Ele sabia dos medos e das visões que Sandra tinha desde a infância, mas sempre dizia que ela precisava de tratamento psicológico. E depois de ver aquela cena, o clérigo aconselhou os pais a internarem a jovem numa clínica psiquiátrica.

O pai da moça ficou sabendo dos fatos horas mais tarde. Ele teve que explicar à polícia, junto com a esposa e o padre, o que havia acontecido. Jorge não concordava em internar a filha num manicômio, porém, não havia outra saída, já que a próxima opção seria a cadeia.

Sandra continuava sem abrir a boca e nem tentou explicar, não teve coragem de contar dos constantes abusos e nem do ato de autodefesa que a levou a matar um homem.

Guiados pela manipulação do padre e pela pressão do detetive de polícia, os pais colocaram sua única filha no manicômio. Lá ela passou os seguintes anos de sua vida.

Eu assisti àquelas cenas como se estivesse flutuando sobre elas. Chorando, apertei a mão de Jesus. Quando olhei para ele, pude ver que ele também estava em lágrimas.

Embora eu tivesse visto apenas algumas partes da minha vida, eu conseguia me lembrar de cada ano que vivi com detalhes.

— Minha filha, nós precisamos continuar.

— Sim, meu Pai, mas lembrar de tudo isso dói demais! Mas eu não vou parar agora.

O Senhor sorriu para mim com um olhar meigo, depois eu fechei meus olhos enquanto respirava fundo. Era estranho aquela dor estar no meu peito, ao mesmo tempo que eu sentia a extrema paz vinda da presença do meu Salvador.

Quando eu abri os olhos novamente, continuei me vendo do alto, mas agora em outro lugar e em outra época.

Segunda Parte: O MANICÔMIO

Por muito tempo, Sandra se calou, ela sabia que se contasse a verdade sobre tudo que viveu e sobre as coisas estranhas que ela podia ver, em pouco tempo a mandariam para o tratamento de choque.

Ela vagava pelos corredores com os olhos vidrados, observando os seres estranhos que percorriam aquele lugar. Ela sabia que esses seres não estavam ali, apesar de estarem. E os remédios fortes pareciam abrir mais sua visão espiritual.

Sempre usando roupas brancas, cedidas pelos hospital, ela fazia um coque no cabelo e estava quase sempre de pés descalços. Se antes ela era triste, agora estava deprimida, vivendo o profundo da depressão.

Sandra estava consciente de tudo que estava vivendo, mas as coisas do mundo espiritual se misturavam com o mundo natural.

Desde que chegou, ela chorava muito quando retomava a sobriedade, ela se lembrava de todo o sofrimento, dos abusos sexuais e também da rejeição. Como seus pais puderam ser tão cruéis, abandonando-a naquele lugar?

Era como se o tempo em sua mente não corresse de uma forma normal. Medicada, ela estava no presente, e, sóbria, ela voltava ao passado.

Sandra via aquele velho abusador no rosto dos colegas e até dos médicos que vinham tratá-la, tendo por muitas vezes ataques de pânico.

Apesar de estar vivendo num pesadelo, a jovem não deixava de falar com Deus. Mas como não tinha mais entendimento e lucidez para isso, suas orações se resumiram a apenas um pedido: "Meu Deus, me faça perder a memória!".

Não havia paz para ela. No mundo real, via coisas horríveis acontecerem dentro daquele lugar. Havia pessoas que comiam as próprias fezes e algumas que se mutilavam na sua frente. Os pacientes usavam diversos objetos para machucar a si mesmos e frequentemente tentavam suicídio, alguns até conseguiam. Por isso, era frequente a contagem de mortos.

Numa manhã de domingo, Sandra encontrou uma moça morta no corredor. A pobre estava com os pulsos cortados, feito que conseguiu com uma simples faca de manteiga.

Por quase todo lugar que ela passava, via demônios de diversas formas e cores perturbando aqueles que diziam ser loucos. Falavam no ouvido deles o tempo todo, os incentivando a fazerem todo tipo de coisas. Não eram todos os pacientes que carregavam esses seres, de fato alguns tinham uma doença real, mas a maioria era transtornada espiritualmente.

Depois de um tempo, Sandra desenvolveu uma estratégia para viver de uma forma mais confortável e assim poder ficar mais lúcida. Ela agia da maneira mais normal possível para não ser punida, e logo foi transferida para a ala dos pacientes mais controlados.

A jovem nunca falou com ninguém sobre as coisas espirituais que via. Mas, aos poucos, ela foi se abrindo sobre seu passado para um psicólogo que se chamava Dr. Julio.

Nessa ala, o hospital não era todo ruim. Havia aulas de supletivo, oficinas de artesanato, aulas de línguas estrangeiras, além de diversos cursos de capacitação oferecidos de forma gratuita aos pacientes. Sandra se empenhou nos estudos e aprendeu a costurar e a falar inglês e francês. Além disso, ela concluiu seus estudos.

Seus pais iam visitá-la de vez em quando. A ausência emocional, que sempre foi grande, ficou maior com a ausência física dos dois.

De todas as atividades de que participava, a que Sandra mais gostava era do culto ecumênico. Cada dia da semana, um líder religioso vinha à capela e fazia seu culto. A semana era dívida em três religiões: católicos, espiritas e protestantes ou evangélicos.

No começo ela acompanhava tudo, mas gostava mais do culto dos protestantes, pois eles cantavam belas canções e nas pregações o pastor sempre falava o que ela sentia em seu coração, era como se Deus lhe revelasse o escondido.

Em poucas semanas, Sandra estava auxiliando na preparação dos cultos do pastor Ruan Carlos.

O Dr. Julio e sua equipe médica iam acompanhando a evolução de Sandra. Ela foi perdendo a timidez e já conseguia falar em público. Também não precisava mais de remédios fortes para dormir e passou a ajudar os funcionários com o controle dos pacientes agressivos.

Os médicos ficavam impressionados com a inteligência, proatividade e a facilidade que Sandra tinha para aprender coisas novas.

O psicólogo Julio usou de sua influência, então juntou a equipe do hospital e conseguiu uma bolsa de estudos na área de medicina para sua paciente mais empenhada.

O hospital psiquiátrico era ligado à universidade da cidade e os estudantes conviviam com os pacientes e aprendiam sua profissão na prática.

Sandra recebeu alta, mas não foi embora. Ela ficou morando no hospital e lá estudou medicina.

A jovem que foi rejeitada pelos pais, acusada de assassinato e diagnosticada como louca pelos conhecidos enfim recebeu seu diploma e passou a ser chamada de doutora Sandra.

Amélia, sua mãe, tentou se aproximar mais dela depois da sua formatura, mas seu pai era orgulhoso demais para fingir que se importava com ela. Sandra não sofria mais com a ausência dos pais, ela tratava os dois com respeito, mas não queria mais proximidade. Ela percebeu que sua verdadeira família não estava ligada a ela por laços de sangue, mas sim de amor. E o doutor Julio e o pastor Ruan Carlos foram os únicos que se importaram com ela, mesmo quando ela não era considerada uma pessoa de valor.

Depois de tanta tortura física e psicológica, Sandra parecia estar vencendo na vida. Mas, apesar de saber que suas visões eram reais, ela apenas ignorava tudo.

Quando as coisas começaram a melhorar em sua vida, no último ano de sua residência como psiquiatra, ela descobriu que estava com insuficiência cardíaca e sua única esperança de vida seria um transplante.

O pastor Ruan deu esperanças à moça, dizendo que Jesus podia curá-la de qualquer enfermidade e que ela precisava perdoar seus pais.

Ele comparou a vida dela com a vida de José, da Bíblia. Ele foi vendido pelos próprios irmãos, mas acabou se tornando governador do Egito, assim como ela foi injustiçada, sendo colocado num manicômio pelos próprios pais, mas foi assim que ela acabou se tornando uma doutora.

Ela ouviu o conselho do seu pastor, que a discipulou e a batizou.

No fim de semana seguinte, Sandra convidou seus pais para viajarem para o campo e passarem um tempo juntos; lá ela pediria perdão pela forma com que os tratou e contaria para eles sobre sua enfermidade no coração.

Foi nesse trajeto de ida para o campo que o acidente fatal aconteceu.

Capítulo 23

AUTOCONHECIMENTO

Jesus estava o tempo todo ao meu lado. Eu pensava que tivéssemos voltado ao passado, mas na verdade tínhamos entrado em minha mente, no profundo das minhas memórias.

Como no vale de ossos secos (descrito no livro de Ezequiel), minhas lembranças mortas reviveram. Muitos sentimentos se misturavam no meu coração e meu corpo não sabia interpretar aquelas sensações.

Voltamos ao chalé e eu estava com os olhos vidrados no nada. Eu estava tentando digerir tantos anos de vida em poucos minutos, meu cérebro não entendia a questão do tempo, já que no mundo espiritual ele não existe. Então percebi que já estava amanhecendo e que Jesus, em sua forma física, não estava mais ali. Mesmo assim, eu podia sentir a presença dele na luz do sol, que vinha nascendo vagaroso na extremidade do lago.

Com as mãos na cabeça, deixei as lágrimas escorrerem por meu rosto até descerem por entre minhas pernas semiflexionadas e depois caírem no chão de madeira lustroso. Minha jaqueta de moletom estava inundada de suor e minha calça estava amassada, como se eu tivesse corrido a noite inteira.

Eu não sabia o que fazer, nem para onde olhar ou se devia sair dali. Foi difícil me levantar do chão, minhas costas doíam e meu pescoço estalou ao me alongar.

Quando me acalmei e parei de chorar, entrei na casa, procurei algo para comer e achei apenas algumas frutas em cima da mesa. Eu estava parecendo uma barata tonta. Sentia uma fraqueza no meu corpo físico, ao mesmo tempo que o meu espírito estava forte.

Comecei a orar em línguas sem perceber. Subi e fui tomar banho, depois coloquei uma roupa limpa e não parei de orar nesses momentos.

Sentei na cama e passei a analisar a minha própria mente e desfrutar dos conhecimentos que eu tinha adquirido nos meus estudos médicos, que voltaram junto com as memórias.

— Sou médica! — falei em alta voz.

Fui para frente do espelho e me despi por completo. Comecei a examinar meu corpo como um médico faria. Descobri minhas cicatrizes e lembrei de onde vieram, coloquei a mão sobre meu ventre e deduzi que provavelmente eu era estéril, devido a tantos abusos.

Analisei a cicatriz no meu peito e lembrei do cirurgião que colocou aquele coração ali dentro. Sorri quando me lembrei que eu tinha pensado que ele era culto demais para mim, por ser um médico. Percebi que eu estava no mesmo nível que Erick, um nível que eu mesma tinha criado.

Apesar da experiência difícil, eu fiquei aliviada por descobrir que eu era uma boa pessoa, mesmo tendo boas desculpas para não ser. Fui uma boa moça em toda a minha vida, sempre honesta e, além de tudo, uma jovem de muita fé. Fiz boas escolhas na minha curta jornada, apesar de ter cometido um homicídio, eu nunca me senti culpada por tal feito de autodefesa, mesmo assim pedi perdão a Deus. Meu maior arrependimento foi o de ter me distanciado dos meus pais, pois eu tinha muito conhecimento para ter compartilhado com eles. Chorei mais uma vez.

Meu pai foi um bom homem; sempre trabalhador, ele me ensinou a honestidade. Quando eu era pequena, ele sempre me presenteava com doces ao chegar em casa e me dizia: "Tiquita você é a menina mais linda desse mundo". Doeu no meu peito a saudade dele.

Saudade, saudade, saudade. Esse era o sentimento que mais causava dor, estava páreo com o arrependimento. Eu sabia, desde que tinha acordado do coma, que a saudade doeria.

Eu culpei meu pai muitas vezes pelos abusos que eu sofri. Se ele não tivesse contratado aquele velho... Mas como ele saberia? Culpei minha pobre mãe, que era sempre esforçada e preocupada com meu bem-estar, mas que nunca me deu liberdade para falar de coisas íntimas, ela estava sempre me dizendo que meninas não podiam falar de coisas feias. Culpei a mim mesma por me calar, mesmo tendo sido a vítima daquela história de terror.

O mais difícil daquela epifania não foi sentir a saudade, nem o arrependimento, nem perdoar meus pais, muito menos perdoar o meu abusador. O mais difícil, para mim, foi conseguir perdoar a mim mesma!

Quando eu me perdoei da culpa, consegui me lembrar do passado, sem sofrer com o peso dos momentos ruins.

Eu usufruí de um tempo precioso para conhecer a mim mesma. Passei uma semana retirada de tudo. Encontrei-me com Jesus e também comigo mesma. Depois desse difícil processo e de todas essas etapas, eu me desprendi das minhas preocupações e me livrei do fardo que eu carregava, mesmo quando não me lembrava dele. Na verdade, perder a memória não me curou das dores que eu vivi, mas enfrentá-los me tornou livre.

Fui inundada de uma extrema paz e foi embora toda a minha ansiedade. Era como se eu tivesse nascido de novo. Fui reconstruída usando uma porção da "minha eu do passado" e "minha eu do presente".

Quando tudo se acalmou, eu comecei a pensar no que poderia fazer no futuro, então eu me lembrei que estava esperando uma resposta de Deus sobre minha vida sentimental.

Deus disse na Bíblia: *"Multiplicai-vos e povoai a Terra"* (Genesis 9:7).

Além do sentido literal de ter filhos, eu também entendia o profundo dessa Palavra, que era fazer novos discípulos de Cristo: *"Ide e fazei discípulos"* (Mateus 18:29).

O apóstolo Paulo escreveu que existem pessoas chamadas para a obra de Deus que não se casariam, assim como ele (1 Coríntios 7:8). Então, eu precisava saber o que Deus tinha preparado para mim.

Na manhã seguinte, eu me levantei da cama, me vesti e comecei a arrumar minhas malas para voltar à cidade.

Quando eu estava colocando minha jaqueta, ouvi o barulho de um carro chegando.

Capítulo 24

VOLTA AO PASSADO

Uma jovem dedicada

Sandra nunca se atrasava, pelo contrário, ela chegava sempre uns minutos antes para organizar seus materiais de estudo. Sua sede por conhecimento era tão intensa que raramente errava alguma questão nas provas e nunca entregou um trabalho que recebesse uma nota baixa.

Ela trabalhava meio período no hospital psiquiátrico; não tinha uma função específica, mas fazia um pouco de tudo. Também lhe foi disponibilizado um quartinho privado, que acabou se tornando a sua casa.

Sandra ajeitou o lugar pequeno, que era composto de uma cama e uma escrivaninha. Suas roupas ficavam numa caixa de papelão, também tinha um estreito banheiro com chuveiro e uma pia de frente a sua cama, onde ela lavava as poucas louças usadas para fazer suas refeições de micro-ondas.

Era muito dedicada e prestativa, havia pacientes que vinham visitá-la apenas para conversar. Muitos deles não tinham família e ela os atendia com carinho e os observava atentamente, já que aquelas pessoas, um dia, seriam seus pacientes.

Mas apesar de ser tão bondosa, tinha uma parte dentro dela que não sentia nada. Muitos de seus colegas de estudo desistiram do curso quando tiveram contato com os cadáveres (usados para estudo), já Sandra não tinha nenhum tipo de aversão, nem medo, nem nojo.

Ela recebia uma bolsa-auxílio do hospital, mas o dinheiro não chegava à metade do valor de um salário mínimo, então ela só comprava livros e matérias de estudo. Suas roupas podiam ser contadas em uma mão e ela tinha apenas dois pares de calçado e um de chinelos. A moça era extremamente simples, mas sempre estava bonita sem precisar fazer nenhum esforço.

Alguns professores, que também eram médicos do hospital, a ajudavam, doando livros usados e até roupas e comida, pois ficavam comovidos com o esforço e a história da moça.

Os pais dela a visitavam raramente e também queriam ajudá-la, mas Sandra não aceitava nada que eles ofereciam. Seu pai foi ficando amargurado até que parou de ir vê-la. Eram muito parecidos, dois orgulhosos.

Apesar de estar conseguindo sobreviver com muito pouco, uma hora a pobreza começou a incomodá-la. A maioria dos seus colegas eram pessoas de alta classe social e filhos de médicos. Às vezes a convidavam para sair ou viajar, mas Sandra sempre arranjava desculpas, sendo que, na verdade, o problema era financeiro e ela não aceitava ser bancada por ninguém.

Então, além do pecado do orgulho, seu coração também começou a sentir inveja de quem podia pagar um almoço no refeitório da universidade, de quem estava sempre ostentando celulares novos e sapatos caros. Sem contar os assuntos que seus colegas conversavam: "Minha empregada tal, meu carro importado tal, viajei para tal país...".

Sandra não mentia sobre quem realmente era, todas lá conheciam parte da sua história pelo que observavam, mas ela não mencionava nada sobre sua vida e quase sempre se sentia um pássaro vivendo em outro ninho. A jovem estudante pensou em desistir por várias vezes, mas se lembrava do amor que tinha pelas pessoas e de como poderia ajudar os pacientes e isso a dava forças para prosseguir.

O único lugar em que ela se sentia bem era na capela ecumênica, quando assistia aos cultos e ouvia as pregações do seu pastor Ruan. Ele sempre dizia que Deus tinha planos maravilhosos para a vida dos seus filhos, mas ela estava tão acostumada a ouvir aquilo que nem ligava mais, e as pregações pareciam não penetrar seu escudo de falta de fé.

Um dia, uma missionária foi visitar o hospital com uma equipe que fazia obra voluntaria com os pacientes, depois participou do culto de sexta-feira, em que cantou um belo louvor. Antes que o louvor acabasse, a missionária foi cheia pelo Espírito Santo, começou a falar em línguas entranhas, então olhou para Sandra e disse:

— Filha, eu não te esqueci, estou contigo todo o tempo. Vou te levar para muitos lugares para falar do meu Nome e você irá operar milagres!

A sua história vai ser conhecida em toda a Terra. Eu vou arrancar seu passado e você não sofrerá mais por conta dele!

Sandra caiu de joelhos aos prantos e sentiu a forte presença de Deus. Foi a primeira vez que ela ouviu a voz de Deus de verdade. Ela guardou a promessa no coração e toda vez que ela ficava triste ou desanimada, a promessa a fazia se sentir esperançosa de novo.

Miguel era um dos pacientes mais velhos do hospital, ele estava lá havia 20 anos. Ele sofria de várias enfermidades físicas, devido à sua idade, além do diagnóstico de esquizofrenia. Apesar disso, era muito calmo, mas constantemente estava falando sozinho e chorando.

Um dia, Sandra passou apressada em frente ao quarto de Miguel, quando o ouviu chorando e dizendo:

— Pare de me machucar, pare de me machucar!

Ela parou e olhou pela porta entreaberta. Miguel estava deitado na cama e um demônio baixinho e marrom o cutucava com um espécie de agulha gigante.

Na mesma hora, ela entrou no quarto e gritou com o ser:

— Deixe-o em paz, demônio! Volte para o inferno, saia, em nome de Jesus!

A criatura levou um susto e ficou acuada num canto escuro do quarto. Quando Sandra terminou a frase, ele desapareceu enquanto esboçava sentir horrível dor em sua face desfigurada.

A estudante percebeu naquele dia que tudo que ela aprendera nos cultos sobre o mundo espiritual era verdade. Miguel nunca mais reclamou de dor nas costas, nem falou sozinho. Os médicos ficaram surpresos com a repentina melhora do paciente que estava sempre sorrindo e não saía de perto de Sandra quando a encontrava.

Dentro de poucas semanas ele ficou acamado, apesar de não ter nenhum sintoma de enfermidade. Mesmo assim, ele estava tão feliz por ser liberto que chamou Sandra e o pastor Ruan para orarem por ele, e ali ele aceitou Jesus como seu Salvador. No outro dia, Miguel faleceu com um sorriso no rosto.

Depois de pouco tempo, Sandra conquistou seu diploma e se especializou na área de psiquiatria. Em todo o período, ela viveu vários momentos sobrenaturais, parecidos com o que aconteceu com Miguel, curas e libertações inexplicáveis provindas de Deus.

Capítulo 25

A RESPOSTA ME ENCONTROU

Quando abri a porta da frente, vi a caminhonete de Antoni estacionar embaixo da grande árvore, no quintal. Rapidamente, coloquei a mão sobre meu coração e suspirei.

Ele desceu do carro, fechou a porta e lentamente caminhou na minha direção. Estava usando uma jaqueta preta, calça jeans e botas de lenhador. Seu rosto estava sereno, não demonstrava nenhum sentimento que ficasse visível.

— Como você me achou aqui? — perguntei, sorrindo, enquanto ele se aproximava.

— Seu padrinho me ensinou o caminho.

Então, ele chegou bem perto. Ficou parado na minha frente com as mãos nos bolsos, parecia estar sem graça. Eu não sabia o que deveria fazer, se deveria abraçá-lo ou esperar alguma reação dele.

— Está tudo bem, Antoni?

Ele se sentou no degrau da varanda e, de cabeça baixa, começou a me explicar:

— San, eu não sei por onde começo...

A felicidade de tê-lo tão perto foi ocupada pela preocupação. Eu tive muitos pensamentos ruins nessa hora. O pior que pude imaginar era que ele estava ali para pôr fim no nosso propósito.

Então, eu me sentei do lado dele e me preparei para ouvir o pior. Antoni tirou um caderno pequeno do bolso e continuou.

— Me desculpe por ter estado tão ausente. Acho que você chegou a pensar que eu tinha abandonado nosso propósito, mas não foi bem isso que aconteceu.

143

— E o que aconteceu? Conte-me logo, você está me deixando aflita.

— Eu não sou bom com palavras, por isso escrevi tudo com detalhes no meu diário. Eu quero ler para você.

Capítulo 26

O DIÁRIO DE ANTONI

A libertação

16 de Janeiro

Esse trabalho não é bem o que eu esperava. No começo era até divertido, um ótimo salário, poder viajar por muitas cidades, comer onde eu quiser sem me preocupar com o custo. Mas o Tadeu era melhor como amigo do que como patrão. Ele me cobra demais, está sempre me dando metas que me torturam.

Ele me diz que em cada construção, eu preciso demitir um número certo de funcionários. Quase sempre esse número é absurdo, pois a maioria dos homens trabalha muito bem. Já tentei explicar isso para ele, mas esse cara só pensa em cortar despesas...

Tadeu é um dos homens mais ricos do estado e também o mais muquirana. Posso até apostar o dia em que eu vou ser o próximo custo que ele vai querer cortar.

22 de Janeiro

Tive um noite ótima ontem, pelo menos é o que diz essa ressaca horrível! Fui para um bar aqui dessa cidade e conheci uma garçonete chamada Amanda, ou Amélia, alguma coisa assim... Muito bonita e bem encorpada. Depois eu não lembro os detalhes, mas a moça tinha bastante experiência, se é que me entende.

Eu estava precisando de uma diversão para me aliviar de tanto stress, causado por esse emprego esquisito que eu tenho.

2 de fevereiro

Estou me sentindo o pior homem da Terra. Não estou suportando a minha própria presença, o que fiz hoje talvez tenha sido a coisa mais cruel que fiz na minha vida.

Há uma semana, eu cheguei em uma nova obra, era a construção de um prédio. Como sempre me passei por um funcionário novato.

A meta que Tadeu me enviou era a de demitir 10 homens, em uma construção composta por 31 funcionários.

Eu nunca levo para o lado pessoal, não me importo quando me tratam bem ou mal, estou ali para avaliar o desempenho de cada um. Foi assim que eu fui instruído pelo Tadeu e isso parecia ser o mais ético a se fazer. Mas se fosse o certo, ou se esse trabalho fosse honesto, eu não estaria me sentindo tão mal.

Naquela obra, todos os encarregados me trataram com desprezo, alguns deles até me colocaram apelidos ofensivos, mas pelo menos eles estavam trabalhando bem.

No meu segundo dia, eu esqueci a marmita no hotel, então conheci um homem chamado Zecão. Ele era alto, bem barrigudo, careca e de pele negra. Apesar da aparência de durão, ele se sentou perto de mim e me ofereceu metade da sua comida. Nenhum dos outros funcionários pareceu se importar com minha fome, apenas ele.

Depois disso, ele ficava perto de mim, me ensinando os procedimentos, mas quando ele tentava me contar alguma coisa pessoal eu mudava de assunto e voltava a falar do trabalho.

Mas logo eu percebi que ele não trabalhava tão bem quanto os outros, ele estava sempre sentando nos tijolos ou no chão e parava muitas vezes para comer alguns petiscos.

No final da semana, fiz uma reunião e contei quem eu era. A parte melhor era ver a cara dos arrogantes que me trataram mal, mas nem sempre eles estavam na lista dos despedidos.

Por fim, chamei nove nomes e o último foi o nome do Zecão. Os olhos dele se encheram de lágrimas imediatamente. Logo fui saindo, como eu sempre fazia, era muito perigoso ficar no meio de homens furiosos.

O CAMINHO DO MILAGRE

Quando eu entrei na caminhonete, escutei Zecão gritar:

— Por favor, senhor Antoni. Eu preciso muito desse emprego, ele é tudo que eu tenho.

Eu liguei o carro, engatei a primeira marcha e saí depressa. Pelo retrovisor, vi aquele homem correr atrás de mim, gritando "Por favor!" com lágrimas nos olhos.

Voltei para o hotel e tentei não pensar mais naquela cena, mas eu estava me sentindo tão mal que não podia fechar os olhos para dormir sem ouvir a voz do Zecão na minha mente.

Hoje, assim que amanheceu, eu comecei a fazer as minhas malas, quando ouvi barulhos de sirenes.

Então, fui até a recepção e perguntei se os funcionários do hotel sabiam o que estava acontecendo. Uma das camareiras me disse que seu esposo era policial e ele contou que um homem tinha cometido suicídio no bairro ao lado. Eles estavam chocados, pois não ocorriam suicídios naquela cidade havia mais de 20 anos.

— Que triste! — eu exclamei.

Então, ela completou:

— Coitado do Zecão, era um bom homem e muito querido por todos aqui da cidade.

21 de fevereiro

Esses dois últimos dias foram os mais intensos da minha vida. Como eu pude viver tanto tempo sem ter vivenciado tal sentimento?

Eu estava tão frustrado com o meu trabalho de carrasco que decidi apenas sobreviver um dia após o outro. Morreram em mim a esperança e a vontade de fazer planos para o futuro.

Antes, o meu lazer era encher a cara e levar alguma mulher estranha para a cama, mas até isso perdeu a graça para mim. Até agora.

Eu voltei para a minha cidade e parei na lanchonete do Claudinho, para fazer um lanche. Quando me sentei no balcão, vi do meu lado uma moça muito bonita que me encarou parecendo ter visto um fantasma. Eu puxei assunto com ela e minha primeira surpresa com aquela mulher foi ver o Opalão que ela dirigia.

147

Até ai ela era só mais uma mulher bonita, mas ela pareceu ser bem diferente. O nome dela? Sandra!

Apesar de querer me divertir, o cansaço e a tristeza não deixaram. Eu voltei para essa casa velha, que parece estar abandonada, já que eu não fico muito por aqui. Eu me deitei na cama e apaguei, só fui acordar no outro dia e já era noite.

Sonhei com aquela mulher a noite toda, não me lembro bem do que acontecia no sonho, mas ela estava sempre me salvando de alguma coisa.

Depois que eu tomei banho, eu acho que não raciocinei muito bem e no impulso fui atrás dela no hotel. Não foi difícil achar o quarto dela, o Opalão branco estava estacionado na frente da porta.

Convidei-a para sair e percebi que Sandra é muito tímida, mas foi ótimo estar com ela.

No começo, minha intenção era a mesma das outras vezes, eu queria levar ela para a cama e ter uma noite de prazer. Mas quanto mais eu conversava com ela, mais eu percebia que ela era tão pura, tão inocente, que eu não tive coragem de tentar nada malicioso.

Foi estranho, mas eu me senti tão bem do lado dela, era quase uma coisa sobrenatural ou do além. Era como se eu não conseguisse ser o garanhão de sempre. Ela conseguiu tirar só a parte boa de mim.

Mesmo sem a conhecer direito eu a levei à Ponte Velha e vimos o nascer do sol. Isso foi tudo que fizemos.

Eu nunca tinha visto o sol nascer tão bonito. Parecia que Deus estava ali nos olhando.

Resumindo: eu a levei para o hotel de novo e nos despedimos. Não demos sequer um beijo e eu não tive coragem de tentar nada além. E agora eu não consigo parar de pensar nela.

O que essa mulher tem de tão especial? Sandra, Sandra, Sandra...

20 de março

Não aconteceu nada de mais desde a última vez que escrevi aqui. Mas eu percebi que eu mudei. Hoje faz dois meses que eu não durmo com nenhuma mulher. E agora eu decidi me desafiar.

Essa é a última garrafa de whisky que eu vou beber. A partir de hoje, eu não vou mais beber álcool.

Estão me fazendo muito mal essas ressacas, já não tenho mais idade para festejar tanto. Quer dizer, fazer 30 anos não é um atestado de óbito, mas eu quero viver com mais qualidade, quero ser um velho saudável.

22 de março

Não paro de pensar na Sandra, essa noite sonhei com ela de novo e dessa vez eu me lembro de tudo.

No sonho, eu estava sentado numa pedra grande olhando para o nada, então ela apareceu com um longo vestido, era muito branco e parecia brilhar e depois ela começou a caminhar na minha direção. Quando ela chegou perto de mim, me estendeu a mão e disse: "Sai dessa pedra, sai dessa pedra". Quando eu segurei na mão dela, ela mudou de forma, virou um ser de muita luz, era como um anjo.

O mais estranho foi que eu senti um amor tão grande. Eu senti que aquele ser me amava e que faria tudo por mim.

Eu acordei e ainda estou com essa sensação boa, de ser amado. Eu nunca senti isso.

3 de abril

Eu me sinto diferente, estou de novo numa busca da qual já tinha desistido. Durante muitos anos eu tentei encontrar Deus.

Às vezes minha mãe me levava à igreja católica. Depois que ela morreu, meu pai ficou transtornado e começou a procurar por ela nos centros espíritas, ele vivia atrás de médiuns.

Depois, ele começou a frequentar o terreiro de umbanda e, em seguida, a quimbanda. Eu frequentei com ele até ficar adolescente e achar tudo uma bobagem. Mas depois que meu pai morreu, eu nunca mais fui ao centro, nem ao terreiro.

Mais tarde, no tempo da faculdade, eu fui a cultos de outras religiões, mas nunca me senti realmente tocado no meu lado espiritual. Mesmo assim, eu nunca deixei de acreditar que existia um Deus, eu só não aprendi ainda a me comunicar com ele.

Lembrei de tudo isso, porque hoje eu tive um dia terrível no trabalho. Dois homens me caluniaram com muitos palavrões depois de serem demitidos. Senti uma tristeza imensa.

Mas quando entrei nesse hotel, vi uma Bíblia em cima da mesa e comecei a ler um pouco no livro de Salmos, e o 69 pareceu ter falado diretamente comigo, na parte que diz assim:

1 Salva-me, ó Deus! Pois as águas subiram até o meu pescoço.

2 Nas profundezas lamacentas eu me afundo; não tenho onde firmar os pés. Entrei em águas profundas; as correntezas me arrastam.

3 Cansei-me de pedir socorro; minha garganta se abrasa. Meus olhos fraquejam de tanto esperar pelo meu Deus.

4 Os que sem razão me odeiam são mais do que os fios de cabelo da minha cabeça; muitos são os que me prejudicam sem motivo; muitos, os que procuram destruir-me. Sou forçado a devolver o que não roubei.

Como é possível um livro saber exatamente o que eu estou sentindo? Eu quero ir para uma igreja. Amanhã vou voltar para minha cidade e visitar a igreja do meu amigo Israel, ele sempre foi uma homem honesto e agora é pastor.

5 de abril

Ontem fui à igreja do meu amigo Israel e achei tudo muito agradável. A música era diferente, não parecia aquelas músicas calmas de igreja, elas eram bem animadas, as pessoas batiam palmas e se alegravam. Eu só achei estranho que, em alguns momentos, as pessoas falavam uma língua estranha.

Mas, enfim, eu senti algo dentro de mim. Quando o pastor estava pregando, ele falava sobre o pecado e como ele afasta o homem de Deus, meu coração queimava. Aquelas palavras eram para mim.

Eu entendi uma coisa. Talvez eu nunca encontrei Deus antes porque estou vivendo no mundo do pecado.

No final do culto, Israel disse que eu podia procura-lo para esclarecer minhas dúvidas, mas eu contei que meu trabalho não me deixava muito tempo em um lugar só. Então, ele me deu um único conselho para eu aprender mais: "leia a Bíblia".

Quando eu disse para ele que eu não tinha nenhuma, ele me estendeu a mão e me deu a Bíblia dele.

Estou me esforçando para pelo menos ler um versículo por dia.

13 de julho

Fiquei muito tempo sem escrever, porque não aconteceu nada de interessante. Estou lendo a Bíblia e comecei agora pela ordem certa. Já li os livros de Gênesis e Êxodo, agora estou em Levítico e confesso que não entendi quase nada desse último livro, só tem um monte de leis que para mim parecem não fazer sentido.

Sempre que eu estou na cidade, vou para a igreja pentecostal do meu amigo Israel e hoje eu fui.

Vim escrever aqui para não ligar para ela. Não quero ligar para ela.

Na verdade eu estou com medo, eu sinto que essa mulher vai impactar minha vida, só espero que seja de um jeito bom.

Tento ocupar minha cabeça de trabalho e da Bíblia. Se eu fico um pouco à toa, já me vem vontade de beber ou de fumar de novo.

Sinceramente, eu ainda não entendo porque isso é pecado, eu não estou fazendo mal para ninguém se eu bebo. Espera, isso não é verdade, eu parei de beber para ser mais saudável, então se eu bebo estou fazendo mal para mim mesmo!

Mas estou confuso. Eu parei de beber porque me faz mal ou porque é pecado?

16 de agosto

Essa vontade de tomar álcool parece que nunca vai passar. Está sendo pior que a vontade de fumar, porque do cigarro eu sempre esqueço.

Eu não consigo passar um dia inteiro sem me pegar pensando numa cerveja bem gelada no fim da tarde, ou numa dose de um bom whisky puro. Pior é quando eu fico ansioso, parece que a vontade triplica, será que eu sou um alcoólatra? Eu tenho resistido, mas não tem sido fácil.

Agora percebo que eu sou o cara mais solitário do mundo, eu só tinha amigos quando estava com um copo de bebida na mão. Não tenho família também.

Pelo menos comecei a fazer amizade com uns caras da igreja, mas os assuntos deles ainda são estranhos para mim, parece gente de outro mundo.

Por falar em solidão, essa noite sonhei de novo com o lobo. Quer dizer, de novo porque na minha adolescência eu sempre sonhava com ele, mas eu ainda não tinha um diário para escrever naquela época.

É um lobo grande e escuro que vive sozinho, um verdadeiro lobo solitário. Às vezes eu sonhava que ele me acompanhava e às vezes que eu era o próprio lobo, vivendo sozinho no mato.

Dessa vez eu sonhei que ele me arrastava no chão, me puxando pela gola da camisa, para me afastar da porta da igreja.

Esse lobo é sempre parte dos meus pesadelos. Eu não poderia sonhar que estava caindo de algum lugar como sonham as pessoas normais?

17 de agosto

Fui para a igreja ontem e ouvi uma pregação sobre casamento. Depois do culto eu quis muito ligar para Sandra, mas me segurei.

A noite passou e eu não preguei os olhos, agora estou aqui olhando o sol nascer e tomei a decisão de ligar para ela.

Não sei por que estou assim, me sinto um moleque na escola.

...

Eu liguei, estou indo me encontrar com ela. Meu coração está saindo pela boca!

19 de agosto

Eu tive a experiência mais transformadora da minha vida. Depois que eu conheci a Sandra, as coisas espirituais começaram a ficar mais claras para mim.

Eu não encontrava sentido na vida, sempre me questionava o porquê de eu ter nascido, o porquê de eu estar vivo. Ela me fez entender o porquê.

Nós acampamos na Floresta do Norte, aqui perto. Ela me ensinou tanta coisa da Bíblia, me respondeu tantas dúvidas que eu tinha.

Nós dormimos um do lado do outro, olhando as estrelas, éramos como crianças inocentes falando das coisas de Deus.

Quando eu acordei de manhã e vi que ela estava do meu lado, eu pensei que queria que ela acordasse comigo todos os dias, então eu percebi que estou apaixonado por ela. Eu nunca me apaixonei por ninguém antes.

Nós fizemos uma espécie de acordo. Eu decidi que vou nascer de novo, vou me batizar e me tornar filho de Deus. Também vou sair do meu trabalho, que me traz muita culpa. Ela vai voltar para a casa do padrinho dela e enquanto isso vamos esperar se Deus confirma que devemos ficar juntos. Quando nos virmos de novo, vamos decidir por ficar juntos ou nos afastaremos de vez.

Eu estou um pouco confuso, porque não sei como é essa confirmação de Deus. Eu só sei que quero ficar com ela para sempre.

Só fico pensando em virar um novo homem, conhecer Deus, me casar com ela, ter uma casa de cerca branca, dois filhos e um cachorro grande correndo no quintal.

É muito engraçado eu pensar nisso. Eu! O cara que nunca quis compromisso, o solitário, mulherengo e aventureiro!

Deus existe mesmo.

A libertação II

20 de setembro

Eu pensei que seria mais fácil mudar de vida. Quer dizer, eu sabia que seria complicado, mas o pior não está sendo deixar tudo para trás, mas essa sensação de impotência que eu estou sentindo.

Ontem foi meu último dia de trabalho. Há quase um mês, eu pensei que o Tadeu iria ficar feliz por eu estar me demitindo, mas quando eu informei meu aviso prévio o cara pirou.

Ele gritava que eu não devia abandoná-lo, me cobriu de ofensas: "Você é um ingrato, Antoni, você acha que eu não vou encontrar alguém muito melhor que você?".

Mas quando ele percebeu que eu não estava brincando, Tadeu começou a fazer outras propostas: "Eu aumento seu salário. Eu te dou um carro novo. Por favor, Antoni, não me deixe, eu não confio em mais ninguém como confio em você!".

O Tadeu sempre foi dramático, desde o tempo da escola...

Enfim, o que eu quero dizer é que agora estou desempregado, eu não guardei muito dinheiro, não sei o que vou fazer. Eu não sou um cara capacitado que consegue emprego fácil, eu nunca tive um salário tão bom.

Mas apesar de tudo isso, eu não vou desistir. Eu escolhi mudar de vida e por mais que seja difícil, agora eu vou até o fim.

Se eu parar agora, eu nunca vou saber como minha vida teria sido. E não quero continuar com essa rotina, essa vida sem propósito, esse vazio no meu peito.

Deus me ajude.

22 de setembro

Eu fui fraco.

Estou frequentando os cultos aqui da igreja pentecostal. Meu amigo de infância agora é meu pastor, o pastor Israel. Estou perto de ser batizado.

Mas ontem... Tenho vergonha até de escrever isso. Ontem eu cedi ao meu antigo vício.

Há poucos dias do meu batismo, eu pensei: "Depois que eu me batizar vou nascer de novo, vou ser um novo homem. Então, posso fazer uma despedida do pecado!". O Diabo escutou isso e me enganou.

Eu já estava havia muito tempo sem beber, desde que eu tinha decidido ficar limpo, não bebi mais. Mas, todo dia, todo santo ou maldito dia, eu sinto vontade de tomar uma cerveja gelada. Pedi para Deus tirar essa vontade, mas parece que Ele não me ouve!

Fui ao bar da cidade vizinha, com medo que alguém da igreja me visse entrando nos bares daqui. Sentei na cadeira em frente ao balcão e pedi uma dose de whisky sem gelo.

No primeiro gole, senti uma imensa culpa, era como se eu tivesse cometido um crime, sei lá. Foi uma sensação que eu nunca tinha sentido antes. Para mim, beber sempre foi algo natural, como respirar.

"Isso é o suficiente, já senti o gosto, pela última vez", eu pensei. Mas quando fui pagar a conta, outra garçonete veio me atender. Era a Melodi, ela foi uma das minhas namoradas no ensino médio.

Melodi me ofereceu uma dose por conta da casa, eu ia parar ali, mas na minha mente eu pensei que se Deus iria me perdoar por eu beber uma dose, Ele também me perdoaria por duas doses. E depois disso eu já fiquei um pouco bêbado, pois acho que estou desacostumado com o álcool.

A Melodi estava tão bonita, ela tinha um cheiro tão bom e ainda ficava dando em cima de mim, eu me deixei levar pelos desejos carnais.

Hoje eu acordei na cama dela, saí de fininho sem que ela percebesse.

Estou me sentindo tão mal, muito mal. Parece que eu sou o pior homem da Terra. Eu traí a confiança da Sandra, traí nosso propósito, e o pior, eu traí a Deus!

O pastor Israel já tinha me ensinado, com detalhes, os riscos da bebida alcoólica e como ela afasta a presença do Espírito Santo.

Eu não quero entristecer o Espírito Santo, ele é tudo que eu mais desejo!

Meu Deus, como vou ter coragem de me batizar agora?

Estou com tanta vergonha de mim mesmo, me sinto tão fraco e sujo!

23 de setembro

Ontem eu liguei para o Israel e ele veio aqui em casa.

Meu peito estava explodindo de culpa, mas mesmo com vergonha eu precisava dizer a ele que eu não sou digno de ser batizado, que eu ainda não estou pronto para nascer de novo e ser um novo homem.

Quando ele chegou eu contei tudo. Eu nunca tinha chorado na frente de outro homem que não fosse meu pai, e isso foi quando eu era só um menino.

Israel teve paciência comigo. Achei que ele iria me "crucificar" e concordar com meu pensamento de não ser digno. Mas ele me ensinou algo muito valioso.

O pastor me disse que nenhum de nós nunca será digno do amor de Cristo. Ele disse também que o fato de eu reconhecer meu erro e verdadeiramente me arrepender, faria com que Deus me perdoasse. "Todos nós somos pecadores, Antoni, você não pode desistir do caminho só porque tropeçou em uma pedra. Agora você não vai mais errar, pois sentiu o peso do pecado que tentou tirar sua paz. É isso que o Diabo quer. Ele quer que a gente desista de tentar ser santo, mas isso é uma luta diária. Nós temos que matar um leão por dia e vencer nossos fraquezas carnais para entrarmos no céu".

Depois, Israel me mostrou alguns versículos Bíblicos que me encorajaram a continuar buscando a Deus. Eu anotei aqui:

"Não entendo o que faço. Pois não faço o que desejo, mas o que odeio. E, se faço o que não desejo, admito que a lei é boa. Neste caso, não sou mais eu quem o faz, mas o pecado que habita em mim.

Sei que nada de bom habita em mim, isto é, em minha carne. Porque tenho o desejo de fazer o que é bom, mas não consigo realizá-lo.

Pois o que faço não é o bem que desejo, mas o mal que não quero fazer, esse eu continuo fazendo.

Ora, se faço o que não quero, já não sou eu quem o faz, mas o pecado que habita em mim.

Assim, encontro esta lei que atua em mim: Quando quero fazer o bem, o mal estar junto a mim.

Pois, no íntimo do meu ser tenho prazer na lei de Deus; mas vejo outra lei atuando nos membros do meu corpo, guerreando contra a lei da minha mente, tornando-me prisioneiro da lei do pecado que atua em meus membros.

Miserável homem eu que sou! Quem me libertará do corpo sujeito a esta morte?

Graças a Deus por Jesus Cristo, nosso Senhor! De modo que, com a mente, eu próprio sou escravo da lei de Deus; mas, com a carne, da lei do pecado."

(Romanos 7:15-25)

"Se o meu povo, que se chama pelo meu nome, se humilhar e orar, buscar a minha face e se afastar dos seus maus caminhos, dos céus o ouvirei, perdoarei o seu pecado e curarei a sua terra."

(2 Crônicas 7:14)

Aos poucos estou entendendo e a cada dia aprendo mais. Eu entendi que Jesus não ama o pecado, mas ama o pecador. E que se eu verdadeiramente me arrepender de coração, Ele me perdoará.

Aprendi, também, que não posso me esconder atrás do perdão de Deus, usando disso para pecar.

Eu quero conhecer Jesus, quero encontrar a Deus.

Por meio do meu pecado eu dei poder para o Diabo sobre mim, mas nem ele, nem seus adeptos vão me impedir. Agora eu estou conhecendo a verdade pela Palavra de Deus e ela vai me libertar!

25 de setembro

Eu sou um novo homem!

Hoje de manhã fui batizado, foi no mesmo rio ao qual levei a Sandra e vimos juntos o nascer do sol.

Eu pensava que ia me sentir diferente, uma energia mais feliz, sei lá. Mas aparentemente eu pareço ser o mesmo. Talvez, aos poucos, eu comece a criar nojo do pecado, ou talvez eu só tenha que ficar vencendo minhas vontades dia após dia.

De um jeito ou de outro, eu sinto que estou cada dia mais perto de conhecer a Deus. Talvez agora minhas orações cheguem mais rápido no céu.

Eu não vejo a hora de ser batizado pelo Espírito Santo, dizem que é diferente para cada um.

1 de outubro

Eu senti Deus, eu sei que eu senti Deus!!!

Agora são 2h45 da madrugada, eu estava orando e senti uma imensa vontade de chorar. Ao mesmo tempo que sinto constrangimento em meu coração, eu estou sentindo uma alegria imensa, e eu não tenho motivo nenhum para sentir isso. Quer dizer, não tenho motivos físicos: meu dinheiro está acabando, eu ainda estou desempregado, mas eu estou tão feliz... Só pode ser Deus.

Eu vi algumas coisas também, acho que foram visões. Eu vi a Sandra, ela estava com uma roupa branca, parecia uma enfermeira, e eu estava deitado em algum lugar muito bonito. Ela passava a mão no meu rosto, parecia estar cuidando de mim de alguma maneira. Eu não sei, eu não entendi direito, mas sei que foi uma visão.

Como pode isso acontecer, aqui e agora? Eu estou sozinho no chão do meu quarto e senti Deus.

Eu orei tanto durante os cultos. Na hora dos louvores eu sempre canto em alta voz, sempre peço para Deus me deixar sentir sua presença. Mas agora eu fui orar, como sempre faço, sem esperar nada, e consegui sentir Deus!

Eu estou rindo e chorando ao mesmo tempo. Como isso é bom!

Nada que eu tenha experimentado no mundo pode se comparar a essa sensação dentro de mim.

Eu consigo sentir Deus! Ele está dentro de mim!

3 de outubro

Eu tenho ajudado muito na igreja.

Já que tenho tempo sobrando e ainda estou desempregado, decidi trabalhar voluntariamente para Deus. Eu limpo a igreja, cuido dos carros na hora dos cultos e até lavo os banheiros.

Às vezes eu peço oportunidade para o pastor para eu ler um versículo durante o culto, mas eu ainda não sei explicar, eu só leio.

É engraçado que quando eu estou limpando a igreja e principalmente quando limpo os banheiros, ouço Deus falar comigo. Ele me diz coisas sobre a Bíblia e me explica coisas profundas sobre alguns versículos que eu li e que na hora não entendi direito.

Eu também estou orando muito pela Sandra e pelo nosso propósito. Estou sentindo que está chegando a hora de nos encontrarmos. Eu peço para Deus me confirmar se eu vou ficar mesmo com ela, mas parece que Ele está em silêncio.

Lembrei-me agora daquele sonho que tive com ela. Vou pedir para Deus me mostrar aquele sonho de novo, vi que é uma confirmação.

10 de outubro

Deus me perdoe. Eu falei muitos palavrões hoje. Aos poucos eu vou me policiando para não falar, mas eu fiquei tão nervoso.

Um conhecido meu me viu passar com a Bíblia na mão e gritou: "Olha o pastorzinho. Já virou santo, Antoni?".

Eu o xinguei em voz baixa, mas xinguei. Depois ainda fui para a igreja, mas pedi perdão para Deus. Senti-me carnal de novo.

Pelo menos uma coisa boa eu tenho para contar. Essa noite que passou eu sonhei de novo com a Sandra.

Parecia ser o mesmo sonho, mas dessa vez a mão dela não estava no meu rosto e sim no meu coração. Parecia que meu peito estava aberto e meu coração estava literalmente na mão dela. Atrás dela apareceu um homem, bem aparentado. Ele estava com uma roupa branca e uma máscara de médico nos rosto. O pior é que a mão direita dele estava no ombro dela. Aquele homem me fez ter um sentimento ruim.

Por esse sonho, eu acho que tem alguém tentando tirar a Sandra de mim. Mas se foi Deus que me mostrou, é porque Ele quer que eu faça algo. Eu vou fazer uma campanha na madrugada de oração e Palavra, e também vou jejuar.

Quando o Senhor falar comigo, eu vou atrás dela, não importa onde ela esteja. E se não for para ser ela, vou orar para que Deus tire esse amor que sinto por ela.

Esse amor dói e aumenta a cada dia, chega a doer no meu peito. Sinto literalmente uma dor no meu coração quando penso nela.

É assim: pensei nela, meu coração dispara, e em poucos segundos, ele para, e depois volta a bater normalmente. Acho que isso não é muito normal, às vezes me falta até o ar. Amar é assim?

2 de novembro

Enfim, a confirmação veio!

Eu não contei para ninguém sobre a Sandra, só Deus sabe. E ontem eu estava no culto e uma profeta da igreja começou a falar em línguas estranhas na hora do louvor. O louvor dizia: "Meu coração pertence a Deus".

Eu estava louvando, com as mãos no peito e de olhos fechados, quando, de repente, aquela mulher tocou meu ombro e disse: "O tempo da espera acabou. Vai ao encontro da sua benção, vai e confessa tudo. Você vai saber que Eu, o Senhor, confirmei o propósito quando você disser: 'O coração igual ao seu'".

Eu não tive dúvidas. Já fiz minhas malas, amanhã vou me encontrar com ela.

Capítulo 27

O INÍCIO DE UMA NOVA HISTÓRIA

Nós estávamos sentados no deck da casa, de frente para o lago, e o dia já estava acabando.

Quando Antoni leu em seu diário "Um coração igual ao seu", eu gelei.

Eu abri um enorme sorriso e as lágrimas que estavam contidas enfim derramaram sobre o meu rosto. Quando ele ergueu a cabeça e olhou para mim, percebi que ele tinha terminado a leitura do diário.

Aquele foi o momento mais íntimo que eu vivi com um homem. Foi íntimo não de carne, mas de sentimento, pois ele abriu o coração e me contou segredos dos quais somente aquelas folhas de papel sabiam.

— Você pode falar agora, Sandra.

Ele estava com os ombros retraídos, parecia inseguro com o que eu iria dizer. Mas a primeira frase que saiu da minha boca parecia não ter sido premeditada. E a frase foi:

— Um coração igual ao seu.

Antoni me olhou e depois abaixou a cabeça, ele espremeu o rosto e fez com que as lágrimas carregadas saltassem, caindo no chão.

— Antoni, você sabe o que essa frase quer dizer? — eu perguntei, soluçando.

— Eu sei que confirma que Deus nos uniu. Mas eu não quero que você pense que é algo da minha cabeça, eu sei que foi Deus que falou comigo.

— Foi Deus, sim, eu creio. Eu sei que foi, porque tem algo que você não sabe.

— O quê?

Ele secou as lágrimas com a manga da jaqueta e me olhou nos olhos.

— Naquela noite que passamos acampando na floresta eu vi Jesus, lembra que eu te contei?

— Claro que lembro. Mas achei que você estivesse falando de um sonho.

— Não foi um sonho, foi real! Jesus me disse muitas coisas, mas entre elas ele me disse algo sobre nós.

— E o que ele disse?

— Ele disse: "Esse rapaz tem a vida parecida com a sua, Sandra, o coração igual ao seu. Por isso vocês se encontraram. Se você precisa de uma motivo para continuar a viver e ser feliz, que seja esse".

Antoni abriu um grande sorriso e olhou para o céu. Chorando, ele falou:

— Eu sabia que Deus tinha falado comigo! Deus fala comigo! Deus fala comigo, Sandra!

— Desculpe por não ter contado antes, mas você não estava pronto para saber. Na verdade, só agora, te contando, eu percebi que isso já era uma direção de Deus.

— Era, sim. Mas nós precisávamos dessa confirmação. Isso aumentou a minha fé, acho que aumentou a sua também.

— Com certeza, Antoni.

— Me chama de Toni.

Nós dois ficamos nos olhando, ambos rindo entre lágrimas. Ele estava tão diferente, parecia estar mais bonito do que nunca. Sua pele estava radiante, ele exalava a presença de Deus. Nessa hora tive certeza que o amava de verdade.

— E agora, o que vamos fazer, Toni?

Ele me olhou e ergueu somente uma sobrancelha.

— Vamos viver o que Deus preparou para nós!

E então ele colocou sua mão sobre a minha e me deu um leve beijo. Depois ele me abraçou e juntos observamos o sol se pôr no fundo daquele belo lago. Com certeza o nosso Jesus estava lá.